草枕

구사마쿠라 : 풀베개

草枕

쿠사마쿠라 : 풀베개

초판인쇄 2013년 6월 21일
초판발행 2013년 6월 21일

지은이 나쓰메 소세키
옮긴이 조재중
펴낸이 채종준
디자인 박능원

펴낸곳 한국학술정보(주)
주소 경기도 파주시 문발동 파주출판문화정보산업단지 513-5
전화 031 908 3181(대표)
팩스 031 908 3189
홈페이지 http://ebook.kstudy.com
E-mail 출판사업부 publish@kstudy.com
등록 제일산－115호(2000. 6. 19)

ISBN 978-89-268-4352-9 03830 (Paper Book)
      978-89-268-4353-6 05830 (e-Book)

이담 *Books* 한국학술정보(주)의 지식실용서 브랜드입니다.

쿠사마쿠라 : 풀베개

나쓰메 소세키 지음

조재중 옮김

목차

나쓰메 소세키와 쿠사마쿠라
夏目漱石と草枕

　　나쓰메 소세키(夏目漱石)는 몇 안되는 일본의 국민작가로서 100년이 지난 지금도 많은 애독자를 갖고 있다.

　　1904년에〈わが輩は猫である 〉1906年 4月〈坊っちゃん〉9月에는〈草枕〉를 연이어 발표하였다.

　　이 쿠사마쿠라(草枕)는 한마디로 줄거리가 없는 소설이다. 나쓰메 소세키 자신도 "천지개벽 이래로 그 유례가 없는 소설"이라고 하며 이것이〈문학〉으로서 문단적으로 수용여부를 의식하면서, 단순히 시가적 소설(詩歌的小說)이나 동양적 취미가 아닌 19세기의 서양〈문학〉에 대한 비평으로 쓰여진 작품이라고 한다.

　　이 기묘한 소설 쿠사마쿠라(草枕)는, 고풍스런 동양취미의 소설이라기 보다 어느 면에서는 반〈문학〉적인 문학이며〈소설의 소설〉이라고 할 수 있다.

　　쿠사마쿠라는 화가의 시점(視點)에서 일관하고 있으나 그의 화론(畵論)은 곧 문학론(文學論)이고 시론(詩論)이 되어 엮어 나간다.

　　쿠사마쿠라는 스토리가 없다. 줄거리가 없을 뿐만 아니라 아예 배척하고 있다.

　　작품 중에 나오는 수수께끼 같은 미모의 여인 나미(那美)에 관한 현실도 결국은〈화론〉으로 환원되고 끝이 난다.

　　따라서〈소설 아닌 소설〉을 읽으면서 그 의미를 생각하기 위해 서성거리지 말고, 다채롭게 엮어진 문장의 흐름을 따라 더불어 흘러가면 어떨까 생각한다.

2013년 2월 9일

一

　산길을 오르다가 이런 생각을 한다.

　이치를 따지면 모가 나고, 정에 빠지면 휩쓸려가고, 고집을 부리면 답답하다. 아무튼 인간세상은 살기가 힘들다.

　살기가 더 어려워지면 홀가분한 곳으로 이사를 가고 싶어진다. 어디를 가든 하나같이 살기가 힘들다고 깨달았을 때, 비로소 시상(詩想)이 떠오르고 그림도 그리고 싶어진다.

　인간세상을 만든 것은 신(神)도 아니고 도깨비도 아니다. 결국은 가장 가까운 이웃을 왔다 갔다 하는 그저 그런 보통사람들이다. 보통사람들이 만든 인간세상이라 살기가 힘들다고 해서 이사를 할 마땅한 곳이 있는 것도 아니다.

　있다고 하면 비인간적인 빈민굴에나 가는 수 밖에 없다. 비인간적인 빈민굴은 보통사람들이 사는 세상보다 살기가 더욱 힘들 것이다.

이사 못가는 세상이 살기가 힘들면 힘드는 대로 얼마간의 관용(寬容)으로, 짧은 생명과 인생을 얼마간이라도 살기 좋게 해야 할 것이 아닌가. 그리하여 시인이란 천직(天職)이 이뤄지고 화가는 그의 사명을 다할 것이다. 모든 예술가들은 각박한 이 세상을 편안하고 한가로움을 주고 사람들의 마음을 풍요(豊饒)하게 해줘서 참 존경스럽다.

살기가 힘드는 세상에서 괴로운 번뇌를 뽑아버리고 고맙고 기쁨의 세계를 펼쳐 보여주는 것이 시(詩)이며 그림(繪畫)이다. 그리고 음악(音樂)이요 조각(彫刻)이다. 상세하게 설명하면 필기할 필요가 없다. 그저 눈으로 보기만 해도, 시(詩)가 살아나고 노래(歌)도 솟아난다. 착상을 기록하지 않아도 경석(磬石)의 음향은 가슴속에서 울린다. 단청(丹青)은, 화판에 그리지 않아도 현란한 오채가 마음속에 비쳐진다. 다만 자기가 사는 이 세상을 그와 같이 보고 느끼고, 마음의 카메라를 통해서 혼탁한 세상을 맑고 아름답게 수용할 수 있다면 그로서 족한 것이다. 그래서 말이 없는 시인은 한 구절이 없어도, 색채가 없는 화가는 캔버스가 없어도, 인간세상을 관조(觀照)하는데 있어서, 번뇌를 해탈(解脫)하는데 있어서, 청정계(淸淨界)를 출입을 할 수 있는데 있어서, 단 하나의 천지 곧 예술의 세계를 이룰 수 있는데 있어서, 사리사욕의 굴레를 소탕할 수 있는데 있어서, 대부호보다도 백만 군을 가진 군주보다도 모든 속계의 총아(寵兒)보다도 행복한 것이다.

　이 세상에서 생활한지 20년이 되니 살만한 보람이 있는 세상이라는 것을 알았다. 25년이 되니 명암에 표리가 있듯이 햇볕을 받는 곳에는 반듯이 음영이 형성된다는 것을 알았다. 30년이 지난 오늘에는 다음과 같이 생각한다.

　기쁨이 깊어지면 걱정은 더욱 더 깊어지고, 즐거움은 커질수록 고통도 크다. 이것을 끊어버리자니 몸이 감당할 수 없다. 정리를 하자니 체면이 서지 않는다. 돈은 소중한 것이다. 소중한 것이 쌓이게 되면 자다가도 걱정이 될 것이다.

　사랑(戀)은 기쁘다, 기쁜 사랑도 쌓이다보면 사랑을 안 하던 시절이 오히려 그리워 질 때가 있을 것이다. 각료(閣僚)의 어깨는 수백 만 명의 다리를 지탱하고 있다. 그들의 등에는 무거운 천하(天下)를 짊어지고 있다. 맛있는 것은 먹지 않으면 아깝다. 조금 먹으면 성에 차지 않는다. 실컷 포식을 하면 더부룩하고 어째 불쾌하다……

　나(余)의 사색이 여기까지 표류해 왔을 때, 나는 돌부리에 걸려 발을 헛디뎠다. 재빠르게 내뻗은 왼쪽다리가 간신히 몸의

균형을 잡아주었고, 넓적한 바위에 털썩 주저앉았다. 어깨에 메고 있던 그림 도구가 내동댕이친 것 뿐 다행히 별다른 상처는 없었다.

일어설 때 멀리 건너편을 보니 오솔길 왼편으로 물통을 엎어 놓은 것 같은 산봉우리가 솟아 있었다. 삼나무인지 노송나무인지 알 수 없으나 뿌리둥치부터 우듬지(梢)까지 청흑색(蒼黑色)으로 덮여져 있는데, 야마자쿠라(山櫻)의 분홍색 얼룩무늬가 산허리를 안개처럼 구름처럼 기다랗게 휘감고 있었다. 그보다 앞쪽에는 민둥산이 있다. 산 무리들을 군림하듯 솟아오른 봉우리는 바짝 이마에 다가선다. 민둥산 한쪽은 거인이 도끼로 찍었는지, 예리한 단면을 이루고 잔인하게 골자기를 쪼개고 있었다.

그 정수리에 보이는 것은 한 그루의 적송(赤松)이 가지사이로는 창공이 뚜렷이 보인다. 앞길은 1km정도로서 끊어지는데 높은 곳에는 붉은 옷들이 움직이는 것을 보면 이 산길을 오르면 그쪽으로 갈 수 있다. 산길은 대단히 험난하다.

흙을 고르는 일 같으면 별문제가 아니지만, 땅속에 커다란 돌덩이가 있다면 어떨까. 흙은 간단하게 고룰 수 있으나 돌은 그렇게는 안 될 것이다. 돌은 깨트릴 수 있지만 바위는 처리하기가 더 어렵다. 파헤친 흙더미위에 치솟은 산봉우리들은, 우리들을 위해 길을 양보하지는 않을 것이다. 저쪽에서 거부하면 그 위를 타고 넘어가든지 멀리 돌아가든지 해야 한다. 바위가 없는 길이라 할지라도 걷기란 만만치 않다. 좌우측이 높고 중심부가 길인데, 2m폭을 역삼각형으로 파서 뚫은 굴 같은 좁은 길이여서 마치 해저(海底)를 걷고 있는 기분이다. 처음부터 서두르는 노정이 아니라서 어슬렁어슬렁 칠곡(七曲) 꼬부랑길로 들어선다.

갑자기 발밑에서 종달새가 울기 시작한다. 골자기 아래쪽을 살펴 보았으나 어디서 울고 있는지 모습도 그림자도 보이질 않는다. 오로지 소리만은 분명히 들릴 뿐이다. 부지런히 바쁘게 그리고 끝없이 울고 있다. 사방십리의 공기가 벼룩한테 쏘이기나 한 것처럼 안절부절 못하는 소리뿐이다. 저 종달새의 울음소리는 한순간의 여유도 없다. 한가로운 기나긴 봄날을 울음으로 소진(消盡)하고, 울음으로 밤을 새고, 그리고 울면서 살지 않으면 마음을 놓을 수 없는 모양이다. 그들은 하늘을 올라만 간다. 어디까지고 올라만 간다. 종달새는 마지막에는 결국 구름 속에서 죽을 것이 틀림없다. 오를 대로 올라가서는 구름 속으로 들어가서 표류하다가, 형태는 없어지고 그의 울음소리만 하늘가에 남아있을는지도 모를 일이다.

암벽을 예각으로 돌아서 아찔한 절벽을 오른쪽으로 돌아서서 들판을 전망하니 유채꽃이 피어 있었다. 그럼 종달새는 저

유채꽃밭에서 자고 뜨고 하는구나 생각했다. 아니 황금색 들판에서 날아오를 것이다.

그 다음에는 하늘에서 떨어지는 종달새와 날아오르는 종달새가 서로 열십자로 교차할 때도 힘차게 울어줄 것 이라고 생각했다.

봄은 졸리는 계절이다. 고양이는 쥐 잡는 것을 잊어버리고, 인간은 빚돈이 있는 것을 잊어버린다. 때로는 자기 영혼의 거처도 잊어버리고 그 정체가 없어진다. 유채꽃 들판을 멀리 전망했을 때 나는 눈을 뜬다. 종달새의 울음소리를 듣고 영혼의 소재를 확인한다. 종달새의 울음소리는 입으로 우는 것이 아니라 영혼 전체로 우는 것이다. 영혼의 활동이 소리에 표현되는 것 중에 종달새처럼 발랄한 것은 없을 것이다.

아-유쾌하구나. 이렇게 생각하고, 이처럼 유쾌한 상황에 빠지는 경지가 바로 시(詩)의 세계다.

그러자 실러의 시 종달새가 생각나서 입속에서 암송을 해 보았으나 두세 구절밖에 기억이 나지 않는다. 그 이삼구절 속에는 이런 것이 있다.

We look before and after
And pine for what is not:

Our sincerest laughter
With some pain is fraught;
our sweetest songs are those that tell of saddest thought.

앞쪽을 보고 뒤쪽을 보고 물욕을 넘보지 말라. 뱃속으로 웃어도 고뇌는 거기에
있다. 극한적인 아름다운 노래도, 극한적인 슬픔이 깃들고 있음을 알라.

과연 아무리 시인이 행복하다고한들 저 종달새처럼 마음 놓고 일사불란하게 앞뒤를 가리지 않고 자신의 환희를 마음껏 노래할 수는 없을 것이다. 서양의 시는 물론이고 중국의 시에도 흔히 만곡(萬斛. 萬石)의 우수(憂愁)라고 하는 글귀가 있다. 시인이니까 만곡이고 보통사람은 한 홉(一合)쯤으로 끝내는지도 모른다.

그래서 시인은 보통 사람보다도 배 이상이나 신경이 예민할지도 모른다. 탈속(脫俗)하는 기쁨도 있겠으나 헤아릴 수 없는 슬픔도 많을 것이다. 그렇다면 시인이 되는 것도 생각할 문제다.

한참 동안은 길이 평탄하고 오른쪽은 잡목 숲, 왼쪽은 유채꽃의 연속이다. 이따금 민들레꽃을 밟고 지나간다. 톱날 같은 잎사귀는 멋대로 사방으로 뻗쳐 그 한 중심에 노란구슬 같은 꽃을 에워 쌓고 있다. 유채꽃에 정신을 잃고 가다가 무심코 밟아버린 것을 후회하고 뒤돌아보니 노란구슬 꽃은 여전히 톱날의 중심부에 진좌(鎭坐)하고 계신다. 태평하고 낙천(樂天)하

다. 또다시 생각을 계속한다.

　시인에게 우수(憂愁)는 붙어 다니는 것인지 모르지만 저 종달새의 울음소리를 들으면 티끌만큼의 고민도 없어진다. 유채꽃은 바라보기만 해도 너무 기뻐서 가슴이 뛴다. 민들레와 벚꽃도 다를 바가 아니다. 벚꽃은 언제부턴가 보이지 않는다. 이렇게 산중에 와서 자연경관을 대하면 보는 것 듣는 것이 모두 다 감흥이 있다. 감흥이 있을 뿐 아무런 걱정이 없다. 다리가 좀 피로하고 맛있는 음식이 없는 것이 아쉬움이라고나 할까.

　그러나 아무런 괴로움이 없는 것은 무슨 이유일까. 다만 이 경관을 한 폭의 그림으로 보고, 한권의 시로서 노래하기 때문이리라. 그림이나 시를 하는 이상, 땅을 얻어서 그 지역을 개척한다거나, 철도를 개설해서 치부할 생각은 추호도 없다.

　다만 이 경관이……배를 부르게 하는 것도 아니요, 월급에 보탬을 주는 것도 아니어서 이 경관은 경관 그 자체로서 나의 마음을 즐겁게 해주기 때문에 괴로움도 걱정도 없다. 자연의 힘은 이래서 존경스럽다. 나의 성정(性情)은 순식간에 도야(陶冶)하고 순화(醇化)되어 시경(詩境)으로 들어가게 한 것은 오로지 자연이다.

　사랑은 아름답고, 효도도 아름다운 것이고 물론 애국도 훌륭한 것이다. 그러나 자신이 선풍에 휘말리게 되면, 아름다운 것도 훌륭한 것도 눈이 흐려져 버린다. 따라서 어디에 시가 있는지 알 수가 없다.

이것을 알기 위해서는, 알 수 있을만한 여유가 있는 제삼자의 위치에 서야만 한다. 제 삼자의 위치에 서야만 연극도 재미가 있고, 소설을 봐도 재미가 있다. 연극을 보고 재미있어 하는 사람이나 소설을 보고 재미있어하는 사람은 자기 이해문제는 선반위에 올려놓은 사람들이다. 관람을 하든지 책을 읽는 동안은 시인이다.

보통의 연극이나 소설은 보는 사람이 그 속에 동화몰입해서 고민하고 화내고, 떠들고 울기도 한다. 좋은 점은 이득에 관여하지 않는지 모르나 그만큼 기타의 정서는 더욱더 활동하게 될 것이다. 나는 그것이 싫다.

고민하고 화내고 떠들고 울고불고 하는 것은 인간세상의 부속물이다. 나도 30년을 그 짓을 되풀이 하고나니 이제는 신물이 난다. 진절머리가 나는데도 또 연극이나 소설이 같은 자극을 반복하는 것은 큰일이다. 내가 바라는 시는 그러한 세속적인 인정을 고무하는 것과는 좀 다르다. 속념을 포기하고 잠시라 할지라도 세진(世塵)을 떨쳐버린 심정이 되는 시이다. 제아무리 걸작이라 할지라도 인정을 떠난 연극은 있을 수 없다. 비리(非理)를 가리지 못하는 소설은 극히 드물 것이다. 어디까지

나 세상을 벗어날 수 없는 것이 그들의 특색이라 할 수 있다. 특히 서양의 시는 인간세상의 근본이 되는 이른바 시가(詩歌)의 순수성도 이 경지를 해탈할 수가 없다. 어디까지나 동정이라든지 애정이라든지 정의와 자유라든지하는 것은 세간을 돌아다니는 것으로 때우고 있다. 아무리 시적경지에 있다고 해도 이리저리 돌아다니면서 금전 계산을 잊어버릴 수가 없다. 실례가 종달새의 울음소리를 듣고 탄식 한 것도 무리는 아니다.

기쁜 것으로는 우리 동양의 시가는 그러한 속계를 해탈한 것이 있다.

採菊東籬下 悠然見南山
동쪽 울타리에서 국화를 꺾고 유연하게 남산을 바라보노라

다만 이 몇 글자 뒤에는 답답하고 매정한 이 세상을 잠시 잊어버리게 하는 풍경이 전개한다. 울타리저쪽에서 이웃처녀가 기웃거리는 것도 아니고, 남산에 친구가 기다리는 것도 아닌데, 초연하게 속세간의 이해득실을 한바탕 땀으로 흘려보낸 것처럼 시원 하다.

獨坐幽篁裏 彈琴復長嘯 深林人不知 明月來相照
죽림 속에 홀로 앉아 탄금하고 시가를 노래하도다. 숲이 깊어서 찾는 이 없고 달빛이 밝아 서로 관조(觀照) 하노라

단지 20자를 가지고도 능히 별천지를 전개하고 있다. 이 천지(乾坤)의 공덕은, 〈호토토기스(不如歸)〉나 〈콘치키야샤(金色夜叉)〉의 공덕이 아니다. 기선, 기차, 권리, 의무, 도덕, 예의 따위에는 피곤하고 지쳐서, 모든 것을 망각하고 편안한 잠자리에 들어가는 그런 공덕이다.

　20세기에 수면(睡眠)이 필요하다면, 세속적인 굴레에서 탈출하고 시정(詩情)을 가지는 것이 소중할 것이다.
　애석한 것은 요즘 시를 쓰는 사람이거나 시를 읽는 사람이거나 할 것 없이 모두가 서양인에 물들어서, 일부러 태평스레 편주(片舟)를 타고 도원(桃源)을 찾는 이는 없는 것 같다. 나는 원래가 직업이 시인이 아니기 때문에 왕유(王維)나 연명(淵明)의 경지를 금세에 와서 포교(布敎) 할 생각은 추호도 없다.
　다만 나로서는 이러한 감흥이 연극이나 무용보다는 약이 될 것이라고 생각한다. 파우스트나 햄릿보다도 고맙게 생각한다. 이리하여 나 혼자서 화구(畵具)를 메고 봄날의 산길을 어슬렁거리는 것도 오로지 이것을 위한 것이다.
　연명, 왕유의 시경(詩境)을 직접 자연에서 흡수하고 얼마간이라도 속세를 잊은 천지를 소요(逍遙)하고 싶은 염원, 하나의 취흥(醉興)이다.

물론 인간의 한 분자인 만큼 인간 세상을 그다지 오래 동안 떠나 있을 수는 없는 것이다. 도연명(陶淵明)이라 한들 일년 내내 남산만 바라보고 있었든 것도 아니고, 왕유(王維)라 한들 즐겨서 대밭에서 모기장도 없이 잠을 청할 남자는 아니다. 결국은 국화가 많이 남아돌면 팔아버릴 것이며, 대밭에서 죽순이 많이 돋아나면 야채가게에 넘길 뿐이다. 이렇게 말하는 나 역시 그렇게 처리했을 것이다. 제아무리 종달새와 유채꽃에 반했다고 해서 산속에서 노숙을 할 만큼 인간세상이 싫은 것은 아니다. 이런 산중에서도 얼굴을 감싼 아줌마, 빨간 속치마의 언니, 얼굴이 긴 말(馬)을 만날 때도 있다. 백만 그루의 노송나무에 둘러싸이고 광활한 바다로 넘나드는 신선한 공기를 호흡해도 인간의 냄새를 떨쳐버릴 수는 없다. 그뿐이랴 이 산을 넘고 머물 오늘밤 숙소는 나고이(那古井)온천이다.

다만 사물은 보는 시각에 따라서는 해석이 다를 수 있다. 레오나르도 다빈치가 그의 제자에게 이르는 말에, "저 종소리를 들어봐라! 저 종은 하나지마는 종소리는 여러 가지로 들려진다"고 했다. 한 사람의 남자, 한 사람의 여자라 할지라도 보는 입장에 따라 서로 견해가 달라진다. 어차피 얽혀진 세상을 떠나는 여정(旅程)이라 그런 입장에서 인간을 보면, 덧없는 거리에서 몇 집 사이에 끼어 살든 때와는 좀 다르지 않을까. 그럼 완전히는 속세를 떠날 수 없다고 해도 연극을 보는 동안은 정갈한 마음을 얻을 수 있을 것 같기도 하다. 연극(能)에도 인정은 있다. 가신의 고충과 희생이 있어도 스미다카와(墨田川)에 도착할 때 까지 울지 않는다고 보장할 수는 없다. 그러나 그것은 정감이 三부 예기(藝技)가 七부로 보여주는 연기들이다. 우리들이 연극에서 받는 감동은, 속세간의 인정을 그냥 그대로 엮어낸 것이 아니고 현실위에 예술이란 의상을 몇 겹이나 입혀서 세상에선 흔히 볼 수 없는 유창한 표현을 하기 때문이다.

당분간은 여행 중에 일어난 사건이라든지 여행 중에 만나는 사람들을, 연극의 구조와 배우들의 연기에 빗대어 관찰해 보면 어떨까한다. 전적으로 인정을 무시할 수는 없지마는, 원래 시적인 정서(詩的情緒)로 꾸며진 여행이라 가급적이면 세상 인정은 절검(節儉)하고 그 경지에 도달하고 싶다. 남산이나 유황(幽篁)과는 그 성격이 같을 수 없으며 또한 종달새나 유채꽃을 거기에 함께 묶을 수도 없으나 가급적이면 접근을 하고 싶고, 비슷한 시각에서 인간을 관조하고 싶다. 바쇼(芭蕉)란 사내는 머리맡에서 말이 똥을 싸는 현장을 우아한 순간인양 노래하고 있다. 나도 만나는 인물들,-농부도, 서민도, 말단공무원도, 할아버지 할머니도-모든 사람들을 대자연의 점경(點景)이라고 가정하고 적당히 다루고자 한다. 그것은 그림속의 인물과는 다르므로 그들은 마음대로 행동할 것이다. 그러나 보통 소설가처럼 그 자유로운 행동의 근본을 탐색하고 심리작용까지 관여한다든지 인간적 갈등을 쓸데없이 캐묻고 따지는 것은 속물적 행동이라고 할 것이다. 움직여도 지장이 없다. 그림속의 인물이 움직인다고 생각하면 아무런 지장이 없다.

그림속의 인물은 어떻게 움직이든 평면 밖으로는 나올 수가 없다. 평면 밖으로 튀어나와서 입체적으로 작동한다고 생각하니까, 복잡해지는 것이다. 까다롭게 되면 될수록 미적으로 관찰할 수 없게 된다. 지금부터 만나는 인간에 대해서는 초연하게 멀고 높은 곳에서 바라볼 것이며 쌍방에서 합선이 안 되게 해야 할 것이다. 결국은 그림 앞에 서서 그림속의 인물이 화면에서 이리저리 뛰어다니는 것을 보는 거나 같은 것이다. 상대와의 거리가 1m만 간격이 있으면 차분하게 관찰할 수 있다.

이해관계가 없으니 그들의 동작을 집중적으로 예술적인 시각에서 관찰할 수 있다. 잡념 없이 미학적으로 감식을 할 수 있다는 것이다.

이렇게까지 결심을 했을 때 하늘이 이상해지기 시작하였다. 애매한 구름이 머리위에 처져 드리우고 언제부턴가 무너지기 시작하더니 사방이 구름바다가 되자, 부슬부슬 봄비가 내리기 시작한다. 유채꽃은 벌써 지났고 지금은 산과 산사이를 걷고 있는데 명주실 같은 부드러운 빗발은 짙은 안개처럼 골짜기를 감돌아 대체로 거리를 짐작할 수가 없다. 때때로 바람이 높은 구름을 휘저어주면 거무스름한 산등성이가 오른편으로 보일 때가 있다.

아무래도 골짜기 건너편으로는 큰 산맥이 달리고 있는 것 같다. 왼편은 산자락이 보인다. 깊게 잠재워진 빗속으로 소나무들이 이따금 얼굴을 내민다. 내민다 싶으면 곧장 숨어버린다. 비가 움직이는가 나무가 움직이는가 꿈이 움직이는가 어쩐지 이상한 느낌이 든다.

길은 의외로 넓어지고 편편해서 걷기가 편해졌으나 우산준비를 못해 갈 길을 재촉한다. 모자에서 낙수 물이 떨어질 무렵 방울소리가 나고 어두컴컴한 앞쪽에서 마부가 나타났다.

"이 근처에 쉴만한 곳은 없나요?"

"한참가면 찻집이 있어요. 흠뻑 젖었네요."

더 가야한다니 하고 뒤를 돌아보는 동안에 마부의 모습은 실루엣처럼 빗속으로 사라져갔다.

쌀겨 같은 가랑비가 점점 굵고 길어져서 지금은 그 가닥마다 바람에 꼬이며 휘날리는 것이 보인다. 속옷은 흠뻑 젖어 내의에 배인 빗물은 뜨뜻미지근하게 느껴졌다. 기분이 나빠서 모자를 눌러 쓰고 터벅터벅 걷는다.

망망한 담묵(淡墨)의 세계를, 몇 빗발(銀箭)이 비스듬히 날아가는 속에서 외곬으로 흠뻑 젖어가는 내 자신의 모습을 잊어버린 것을 생각하면 시(詩)가 될 상도 하다. 문장의 구절이 될 것도 같다.

　　형태가 있는 나를 망각해 버리고, 순전한 객관적인 시각으로 돌아갈 때 비로소 나는 그림속의 인물이 되어 자연의 경관과 아름다운 조화를 이룰 수 있을 것이다. 다만 내리는 비를 귀찮게 생각하든지. 보행으로 발의 피로를 고통으로 생각하는 순간, 나는 벌써 시(詩)중의 사람이 아니며 그림속의 사람일 수도 없다. 옛날과 다름없는 범부에 불과하다.

　　운연(雲烟)이 생동하는 취향(趣向)이나, 낙화와 우는 새의 정서(情緒)도 떠오르지 않을 것이다. 쓸쓸히 홀로 봄 산을 걷는 아름다움은 더구나 이해 못할 것이다. 첨에는 모자를 비스듬히 쓰고 걸었다. 다음에는 발등만 보고 걸었다. 나중에는 어깨를 움츠리고 조심조심 걸었다. 비는 여전히 온 숲의 나뭇가지를 흔들면서 외로운 나그네를 사정없이 때린다. 인정이 없다고 한들 한참 지나치다.

二

"이봐요"하고 불렀으나 대답이 없다.

추녀 밑으로 깊숙한 안쪽을 들여다보니 그을린 쇼지(障子.장지문)은 닫혀 있었다. 그 저쪽은 보이질 않는다. 대여섯 켤레의 짚신이 쓸쓸하게 추녀 끝에 매달려서 무심히 흔들거리고 있다. 그 아래쪽에는 막과자(駄菓子)상자가 나란히 세 개 놓여있고 그 옆에는 동전 몇 닢이 흩어져 있었다.

"이봐요"하고 한 번 더 불렀다. 흙 광 한쪽에 있는 절구통 위에 잔뜩 부풀어 있던 닭이 놀래서 눈을 번쩍 뜬다. *꼬꼬꼬, 꼬꼬꼬*하며 한 소동 벌릴 기세다. 문지방을 넘어서자 주방 부뚜막인데 조금 전에 내린 비로 반쯤은 젖어서 색깔이 변해있었지만 검은 차 끓이는 솥이 걸려 있었고 그것이 옹기솥인지 양은 솥 인지 알 수 없었다. 그러나 다행히 아궁이에는 불을 지피고 있었다.

대꾸가 없어 염치불구하고 들어가서 평상에 걸터 앉았다. 그러자 닭이 날개를 치고 절구통에서 뛰어 내리드니 곧장 다다미 방으로 뛰어든다. 장지문이 없었던 들 안방까지 쳐 들어갔을지도 모른다. 수놈이 굵은 소리로 뭐라고 외쳐 대니 암컷이 가느다란 소리로 대꾸를 한다. 마치 나를 여우나 개 따위로 생각 하는 모양이다. 평상위에는 한 되들이 담배상자가 어엿하게 놓여 있고 그 안에는 서리를 튼 모기향이 해가 넘어가는 줄도 모르고 유장하게 타고 있었다. 비는 점차 멎었다.

얼마간 있으니 안쪽에서 발소리가 나드니 낡고 그을린 장지문이 자르르 열리드니 한 할머니가 나왔다.

어차피 누군가 나타날 것으로 짐작은 하였다. 아궁이는 불타고 있었다. 과자상자 위에는 동전이 흩어져있다. 모기향은 느긋하게 타고 있다. 어차피 나타나는 것은 당연하다.

그러나 자기의 가게를 통째로 개방해 두고도 신경을 안 쓰는 것이 다소 도시와는 다르다.

대꾸가 없는데 평상에 앉아서 언제까지나 기다린다는 것이 조금은 20세기 답지 못하다. 이런 곳이 인정머리가 없어 보이기는 해도 재미가 있다. 거기에 쓱 나타난 노파의 용모가 맘에 들었다.

2, 3년 전에 호쇼(寶生)무대에서 타카사고(高砂)를 본 일이 있다. 그때 이건 정말 아름다운 활인화(活人畵)라고 느꼈다. 빗자루를 어깨에 멘 노인이 대여섯 걸음 무대로 걸어 나와서 슬쩍 뒤돌아보는 순간 노파와 눈이 마주친다. 그 마주치는 모습이 지금도 눈에 선하다. 나의 좌석에서 노파의 얼굴과 거의 마주보는데 아! 정말 아름답구나 하고 느끼는 순간, 그 표정을 찰칵하고 마음의 카메라에 담아 놓았다. 이 찻집 노파의 얼굴은 그때 그 사진과 피가 통하는 듯이 닮았다.

　"할머니 여기 자리 좀 빌렸어요."

　"예예 좋습니다요"

　"엄청 많이 쏟아지네요"

　"쓸데 없는 비가 와서 얼마나 힘들었어요? 어이쿠! 흠뻑 젖었네요. 곧 불을 피워서 말려 드리겠습니다요"

　"거기 좀 더 불을 지펴주면 쬐면서 말릴께요. 한기가 들기 시작하는군요."

　"네네 피워 드리지요. 그런데 우선 따끈한 차를 한잔……"하고 일어서면서 쯧쯧 소리치며 닭을 내쫓는다. 꼬꼬꼬 하고 달아나면서 부부 닭은 다갈색 다다미방에서 과자상자를 짓밟고 밖으로 쫓겨난다. 수놈은 달아나면서 과자상자에 배설물을 갈겼다.

"자 한잔"하며 나무쟁반위에 찻잔을 얹어서 권한다. 차색이 짙은 찻잔바닥에는 일필로 그려진 삼지매(三枝梅)가보였다. '과자는' 닭들이 밟고 지나간 막과자를 가져다준다. 배설물이 묻었는지 보았으나 그건 상자에 그대로 남아있었다.

노파는 옷소매를 끈으로 걷어 올리고 부뚜막 아궁이 앞에 웅크리고 있었다. 나는 스케치북을 꺼내서 노파의 옆얼굴을 그리면서 얘기를 건다.

"조용해서 좋군요."

"네 보시다시피 산촌이 돼서요"

"꾀꼬리는 울고 있나요"

"그럼요, 매일같이 울지요. 이곳은 여름에도 우는걸요."

"듣고 싶네요. 들리지 않으니 더더욱 듣고 싶네요"

"오늘은– 아까 장대비로 어디로 달아났습니다요"

때마침 아궁이에서 톡톡 튀는 소리가나고 빨간 불꽃이 밖으로 세차게 내뿜는다.

"어서 쬐이셔요. 얼마나 추우세요"라고 한다. 추녀 끝을 보니 파란연기가 부딪쳐 부서지면서 채양판자를 감돌고 있었다.

"아 –기분 좋다. 덕택으로 살 것만 같네요"

"날씨도 좋아지고 비도 줄어들었어요. 저것 좀 보세요. 텐구이와(天狗巖)가 보이기 시작합니다요"

머뭇거리며 꾸물대던 봄 하늘은, 답답하다는 듯이 거센 산바람이 단숨에 쓸어버리고, 나타난 앞산의 옆모습은 미련도 없이 청명하게 들어나고, 노녀가 손짓하는 쪽에 준엄하게 기둥처럼 치솟은 봉우리가 텐구이와 라고 한단다.

나는 텐구이와를 보고나서 노파를 바라보고 세 번째는 반반으로 양쪽을 비교해 본다. 화가(畵家)로서 내 머리 속에 있는 것은, 노파의 얼굴은 타카사고(高沙)의 노녀와 그리고 로세쓰(蘆雪)가 그린 야마우바(山姥)뿐이다. 로세쓰의 그림 이상(理想)의 노녀(老女)는 대단한 것이었다. 단풍잎 속에 고이 묻어 두거나 추운 달빛아래 두어야 할 것이라고 생각했다. 호쇼(寶生극장)의 노우(能)를 보고나서 노파도 이렇게 부드럽고 아름다운 표정을 지을 수 있을까 하고 경탄했다. 그 탈(假面)은 필시 명인이 조각했을 것이다. 유감스럽게도 작가의 이름은 잊어버렸는데 이 노파도 이렇게 표현할 수 있다면 풍요롭고 온화하게 보일 것이다. 금병풍이나 봄바람이나 아니면 벚꽃에 곁들여도 잘 어울리는 작품이라고 생각한다.

나는 텐쿠이와 보다는, 허리를 펴고 햇빛을 가리면서 먼 곳을 가리키는 노파의 옆모습을, 봄 풍경의 점경으로서 잘 어울린다고 느꼈다.

내가 스케치북을 펴고 구도를 잡는 순간 노파의 자세는 무너

졌다. 하는 수없이 화첩을 불에 말리면서

　"할머니는 건강해 보이네요"

　"네 다행이 건강해요.-바느질도하고, 삼실을 뽑고, 경단가루를 빻기도 하고요"

　사실은 이 노파가 돌절구를 돌리는 것을 보고 싶었으나 그따위 부탁은 할 수 없고 해서

　"이곳에서 나고이 까지는 십리쯤 된다고 했지요?"라고 엉뚱한 얘기를 꺼낸다.

　"네-얼마되지 않습니다. 나리는 온천 휴양 차 오셨습니까……"

　"혼잡하지 않으면 얼마간 쉬고 갈까 하는데요"

　"전쟁이 나고부터는 탕객이 뚝 끊어져 휴업 상태입니다요"

　"이상한 일이네요. 그럼 숙박이 어렵겠네요"

　"아니올시다. 부탁만 하시면 언제든지 가능합니다."

　"여관은 단 한집인가요?"

　"네-시호다씨 라고 하면 곧 알게 됩니다. 마을에서는 부자이며 온천장인지, 별장인지 알 수 없습니다"

　"그럼 손님이 없어도 별문제가 없겠네요"

　"나리는 초행입니까요?"

　"아니 옛날에 잠깐 다녀간 일이 있기는 하지요"

얘기는 잠깐 끊어진다. 스케치북을 펴고 닭 사생을 하고 있는데 차분해진 귓속에서 멀리 짤랑거리는 말방울 소리가 들려왔다. 이 소리가 거듭될수록 나의 무의식에는 저절로 리듬이 생긴다. 잠에 빠져들면서 꿈속에서는 맷돌소리에 끌려가고 있었다. 나는 닭 사생을 그만두고 그림 여백에

봄바람 속에 가인(歌人)의 귀에는 말방울 소리

라고 적어보았다. 산을 오르고 나서야 5,6필의 말을 만났다. 말들은 모두 뱃대끈(腹帶)를 하고는 방울소리를 울렸다. 요즘 흔히 있는 말과는 느낌이 다르다.

이윽고 한가로운 마고우타(馬夫歌)가 봄날에 산길을 가는 나그네의 꿈을 깨워준다. 아련한 바닥에 낙천적인 울림이 흐르는 것이 그림이 될 것만 같다.

마고우타(馬夫노래)의 고개를 넘어서자 봄비가 오네

라고, 이번에는 비딱하게 써보았으나 아무래도 내 작품이 아니라고 직감하였다.

"또 누군가 오셨어요."하며 노파는 혼자 말처럼 중얼거렸다.

원래가 외가닥인 봄 길이라 오는 사람 가는 사람은 다 앞면이 있고 정분이 있는 모양이다. 말방울 소리를 울리며 큰 산을

오르내리는 말들을, 누구 집 말이라고 할머니는 앉아서 모조리 셈하고 있는 듯 했다.

적막(寂寞)한 시골길 고금(古今)으로 찾아드는 화춘(花春)을 받아드리는 마을노녀는 지나가는 말방울소리를 헤아리며 백발이 되었으니 그 세월이 얼마나 흘렀을까……

마고우타(마부노래)여 백발을 염색하니 봄날은 간다

고 다음 페이지에 적었으나 이것으로는 나의느낌을 다 표현하지는 못했다. 좀 더 생각을 가다듬어야 하겠다고 느낀다. 아무튼 백발(白髮)이란 글자를 넣고 몇 대(代)나 이어지는 변함없는 곡조 마고우타도 넣고 봄날의 계절감까지 엮어서 17자로 매듭을 하려는데

"여보세요, 안녕하세요"

이번에는 진짜 마고(馬子)가 가게 앞에서 큰소리를 친다.

"이런 겐(源)씨 아닌가. 또 성 아래 시내에 가는 거야?"

"뭣이든 필요한 것이 있으면 사다드리지요"

"그래요, 시내에 들리거든 딸애에게 영암사(靈巖寺) 부적 한 장 얻어달라고 해."

"알았어요, 한 장 이라고 했지요? 따님은 시집을 잘 가서 행복해요? 할머니"

"고맙고 말고, 지금은 잘살고 있지. 이것을 행복이라고 말할 수 있을지"

"행복하고말고요, 저 나고이 댁 따님하고 비교해 봐요"

"정말로 안됐어. 그렇게도 미인이면서. 요즘은 좀 사이가 좋아졌는지 몰라"

"뭐 변한게 없어요."

"그러면 곤란하지"하며 노파가 큰 숨을 내시었다.

"곤란하고말고요"하며 겐씨는 말 콧등을 쓰다듬었다.

가지가 얽혀있는 산벗나무(山櫻)의 잎과 꽃은, 하늘에서 떨어진 빗물을 받아서 큰 주머니를 만들었다가, 그때 스쳐가는 산골바람에 쭈르륵 쏟아진다. 물벼락을 맞은 말은 놀래서 갈기를 아래위로 흔들어댄다.

"야-이것들이"하며 꾸짖는 마부의 고함소리와 짤랑거리는 방울소리는 나의 명상삼매(冥想三昧)를 흔든다.

노파는 지나간 세월을 회상하면서 얘기를 꺼낸다."겐 씨, 나 말이지 나고이 아가씨가 시집 갈 때의 모습은, 지금도 눈앞에 어른 거려. 자락무늬(裾模樣)의 예복에 타카시마다(高島田.튼머리)로 말을 타고……"

"그럼요, 배를 이용하지 않고 말을 타고 오셨지요. 바로 이곳에서 쉬고 갔지요, 할머니"

"그래, 그 벚꽃 나무아래서 아가씨의 말(馬)을 묶을 때, 벚꽃 잎이 팔랑거리며 떨어져서 모처럼의 튼 머리에 얼룩무늬를 만들었지."

나는 또다시 스케치북을 펼쳤다. 이 광경은, 그림도 될 수 도 있고 시도 될 수 …가있다. 마음속으로 시집오는 새색시의 그 당시의 모습을 상상해서

백화가 필 때 수줍게 고개 넘어 말 탄 새색시(花嫁)

라고 적었다. 이상하게도 의상도 머리도 말도 벗 꽃까지도 너무나 뚜렷하게 떠오르는데 새색시의 얼굴만은 아무래도 생각이 나지 않는다. 한참동안은 이 얼굴인가 저 얼굴인가하고 상념에 잠겨있는데 밀레가 그린 오페리아(햄릿의 히로인)의 얼굴 모습이 홀연히 떠올라 타카시마타(신부의 튼 머리) 아래쪽에 쏙 들어갔다.

이건 틀렸다고 그림을 모두 지워버린다. 의상도 머리도 말도 그리고 벗 꽃마저도 한순간에 마음속의 구도를 다 지워 버렸으나 오페리아가 합장(合掌)하고 강물을 떠내려가는 모습은 언제까지나 가슴속에 남아서, 종려비(棕櫚箒)로 쓸 듯이 산뜻하지는 못했다. 밤하늘에 꼬리를 끌고 가는 혜성처럼 어쩐지 묘한 기분

이 든다.

'그럼 다녀 올께요"하며 겐 씨가 인사를 한다.

"돌아 갈 때 또 들려. 마침 비가 와서 칠곡(七曲)산 길은 고생 할 것 같다"

"예 조금은 힘들겠지요"하며 겐씨는 말을 끌고 출발한다. 짤랑짤랑 방울소리가 멀어져간다.

내가 할머니께 물었다.

"저 남자는 나고이(那古井)댁 사람인가요?"

"네 나고이 댁 겐베에(源兵衛)라고 하지요."

"저 사내가 어느 댁 새색시를 말을 태워 큰 고개를 넘었든가요?"

"시보다(志保田)댁 따님이 시내로 출가 할 때 아가씨를 아오(靑馬)등에 태워 겐 베에가 말 고삐를 잡고 지나갔지요. 세월은 빨라 벌써 5년이나 되었네요"

거울을 볼 때 만 백발을 한탄하는 사람은 그런대로 다행한 편에 속하는 사람이다. 손가락으로 5년이란 세월을 헤아리고, 차바퀴처럼 빠른 이치를 해득하는 노파는 인간으로서 선경(仙境)에 접근한 분일 것이다. 나는 이렇게 대답 하였다.

"얼마나 아름다웠을까. 구경 왔으면 좋았을 텐데…"

"호호호 지금도 만나볼 수 있지요. 온천장에 가시면 반듯이 인사하려 나올 것입니다요"

"그래요, 지금은 친정에 와있다는 말이지요. 욕심 같으면 시집가든 날 그대로의 활옷에 타카시마다(高島田)의 튼 머리를 하고 있으면 더욱 좋은데"

"부탁을 해보서요. 보여드릴 거예요"

나는 설마하고 생각했으나 노파의 표정은 의외로 진지하였다. 무료한 나그네 길에 이런 촌극도 없으면 재미가 있나.

노파는 말하였다.

"그 댁 아가씨는 나가라오토메(萬葉集에 나오는 架空의 美女)와 너무 닮았어요.

"얼굴 말이지요?"

"아니요. 되어가는 형편이 그렇다는 것입니다"

"그 나가라 아가씨는 도대체 정체가 무엇인가요?"

"그 옛날 이 마을에 나가라 아가씨란 아름다운 부잣집 따님이 계셨대요"

"그래서요?"

"그런데 그 처녀를 두 남자가 한꺼번에 연모를 해서요 나리"

"그렇군요"

"사사다에게 갈까, 사사베에게 갈까 하고 밤낮으로 번민하다가 결단을 못하고 마침내 〈가을이 되어 억새꽃에 맺은 이슬처럼 허무한 사랑의 운명을 위하여 떠나 갑니다〉 이런 시가(詩歌)를 읊고는 강에 몸을 던졌답니다.

나는 이런 산촌에 와서 이런 노녀로부터 이러한 우아한 얘기를 들을 줄이야 생각지도 못한 일이었다.

"여기서 오리쯤 내려가시면 길옆에 오층탑이 있지요. 가시는 길에 나가라 아씨 의 묘(墓)도 보고 가세요"

나는 꼭 보고 가기로 작정했다. 노파는 그 다음 얘기를 계속한다.

"나고이 댁의 아가씨도 두남자의 응보를 받았지요. 한 남자는 아가씨가 쿄토(京都)수행 당시에 만났고, 또 한 남자는 시내 제일의 부자입니다요"

"그래서 아가씨는 어느 쪽으로 쏠렸나요?"

"아가씨는 쿄토 쪽을 생각하고 있었는데, 여러가지 사정이 있었는지... 부모님이 억지로 시내 쪽으로 결정해서⋯⋯"

"그런데, 그쪽도 미모와 가문을 보고 모셔갔으니 만큼 대단히 소중하게 대우했으나 원래 강제적으로 출가한 것이 불화의 씨가 되어 일가친척들도 걱정했지요. 그런데 이번 전쟁으로 남편의 은행이 파산이 되고 해서 결국은 친정 나고이 댁으로 돌아 왔습니다요. 세간에서는 아가씨가 박정하다고 여러가지 말들이 돌고 있으나 본성이 내성적인 분이였으나 요즘은 성격이 거칠어져서 겐베에씨가 올 때 마다 걱정하고 있어요.……"

여기서 더 상세한 것을 듣는 것은 모처럼의 취향을 망치는 것이다.

험난한 칠곡(七曲)고갯길을 간신히 넘고 이곳까지 왔는데, 빈손으로 속계로 끌려서 내려가면 표연(飄然)히 집을 나온 보람이 없다.

세상 이야기에 너무 깊이 들어가면, 덧없는 세상 냄새가 몸에 베여 들면 그 땟국은 부질없는 것이다.

"할머니, 나고이(那古井)로 가는 길은 외길이지요."하며 은화 한 닢을 놓고 일어섰다.

"나가라의 오류탑 오른쪽으로 내려가시면 지름길이 됩니다. 길은 거칠지만 젊은 분에게는 그게 좋을 것입니다요. 찻값을 많이 주셔서 감사합니다. 조심해서 안녕히 가세요."

三

지난밤은 묘한 기분이었다.

숙소에 도착한 것은 밤 8시였으므로 건물의 구조라든지 정
원의 조형은 물론 동서의 향좌(向座)도 구별할 수가 없었다.
무슨 회랑 복도 같은 데를 한참 끌려 다니다가 마지막에 6조방
에 들게 되었다. 옛날에 왔을 때와는 양상이 좀 다르다. 저녁을
들고 온천을 하고 방에서 차를 마시고 있는데 소녀가 와서 침
구를 준비할까하고 묻는다.

이상하게 생각한 것은 숙소에 도착해서 응대하는 것도 저녁
식사의 시중도 욕탕의 안내도, 침구를 펴는 것도 모조리 이 소
녀 한사람이 처리하고 있다는 것이다. 그러면서 말수가 없다.
그렇다고 시골티가 나는 것도 아니다. 빨간 허리띠를 수수하게

매고……

옛날 촛불을 들고 복도 같기도 하고 계단 같기도 한데를 몇 번이나 오르내리다가 욕탕에 당도하니 캠퍼스를 몇 바퀴 왕래한 것 같다.

시중을 들 때, 요즘은 손님이 적어 소제한 방이 없어서 평소에 쓰고 있는 방으로 양해해 달라는 것이었다. 침구를 펴고 할 때는 "안녕히 주무세요" 하며 인간다운 말을 하고 나갔는데, 그 발자국소리가 고불고불 고부라진 긴 복도를 지나가는데도 인기척이라고는 없는 것이 이상하게 느껴졌다.

태어나서 이런 경험은 단 한번 밖에 없었다. 옛날에 보오슈(房州)를 타테야마(館山)에서 가로질러서 카즈사(上總)에서 초오시(銚子)까지 해안을 따라 걸어서간 일이 있다. 그날 밤 어느 숙소에 묵었는데 어느 곳이라고 밖에 말할 도리가 없었다. 지금으로서는 그 지방이름도 숙소의 이름도 전혀 기억이 없다. 그 숙소에 묵은 것이 문제였다. 지붕이 높다란 큰집에는 여자가 단둘이 있었다.

내가 묵을 수 있느냐고 하니 나이든 여자가 "그러세요" 하면서 젊은 여자가 이쪽으로 하며 안내하는 데로 뒤따라 간다. 황폐한 큰 거실을 몇 개나 지나고 가장 깊숙한 중간 2층으로 안내한다. 세 계단을 넘어 방으로 들어가려는데 차양아래 뻗어있던 청죽(靑竹)이 저녁바람에 나의 머리와 어깨를 어루만지는데 전신이 오싹했다. 마루널판이 벌써 썩어서 내년이면 죽순이 마루를 뚫고나오기 시작하면 이 큰 저택은 대밭이 될 것 같다고 말해도 젊은 여자는 그저 히죽거리며 밖으로 나간다.

그날 밤은, 청죽이 베갯머리를 버스럭거리는 바람에 잠을 이룰 수가 없어 장지문을 열어보니, 뜰은 전부초원으로 덮혀져있고 여름달빛으로 살펴보니 울타리도 벽도 다 허물어지고 멀리 큰 야산으로 바로 연결되어 있었다. 그 야산을 넘어서면 광막한 대해가 펼치고 산더미 같은 파도가 인간세상을 위협하고 있을 것이다.

나는 끝내 한숨도 못자고 이상한 모기장속에서 참고 견디며 무슨 소설의 한 장면을 겪은 기분이었다.

그리고 나서도 이따금 여행은 했으나 이러한 묘한 정감을 느낀 것은, 오늘밤 이 나고이에 투숙할 때까지는 없었다.

반듯하게 누어서 우연히 눈을 떠보니 난간(欄間)에 주색(朱色)액자로 〈竹影拂階塵不動(채근담(菜根譚)의 일절)〉7자를 읽을 수 있다.

다이테쓰(大徹)이란 낙관도 분명하다. 나는 서예에 대한 안목은 없으나 황벽종(黃檗宗)의 코센오쇼(高泉和尙)의 필치는 애호하고 있다.

인겐(隱元)이나 소쿠히(卽非)나 보쿠안(木庵)들의 필체도 흥미는 있으나 코센의 필치에는 아취가 있고 힘이 있다. 그런데 지금 7자를 곰곰이 뜯어보니 운필이나 속도감이나 도저히 코센의 작품이라고는 생각할 수가 없다.

그러나 다이테츠(大徹)란 낙관이 있는 이상 어쩌면 황벽종에 다이테쓰란 스님이 계셨는지도 모를 일이다. 그건 그렇고 지(紙)질의 색깔이 말짱하고 새것이다. 아무래도 근년의 것으로 밖에 볼 수가 없다.

이번에는 몸을 옆으로 돌려본다. 토코노마(객실 장식벽)에 걸려있는 쟈쿠추(若冲 · 江戶中期의 畵家)의 학(鶴)그림에 시선이 간다. 이것은 직업상으로도 이방에 어울리며 들어설 때부터 진품으로 짐작이 갔다. 쟈쿠추의 화풍은 대체로 정치(精緻)하고 채색한 작품이 많으나 이 그림은 일필휘지로, 한쪽 다리로 서있는 늘씬한 학의 자태에 계란형의 동체를 가볍게 얹어놓은 형태와 유연한 정취는 길다란 부리까지 잘 표현되어 있다. 그 옆에 있는 장속에는 무엇이 들어있는지 알 수가 없다.

새근새근 잠이 오더니 꿈나라로 빠져든다.

나가라 아가씨가 후리소데(활옷)를 입고 청마를 타고 큰 고개를 넘어가는데 사사다남자와 사사베남자가 달려들어 양쪽에서 잡아 당긴다. 갑자기 아가씨는 오페리어(햄릿의 히로인)가 되어 버들가지를 타고 강물을 흘러가면서 아름다운 목소리로 노래를 부른다. 나는 구조를 해주려고 긴 장대를 들고 섬이 있는 쪽으로 사력을 다해서 뛴다.

아가씨는 고통스런 표정도 없이 미소를 지으며 노래를 부르면서 정처도 없이 떠내려 간다. 나는 긴 장대를 메고는 "이봐요, 아가씨!" 하고 목이 터지라고 외쳐 댄다.

여기서 눈을 떴다. 겨드랑에는 식은땀이 흐르고 있었다. 묘하고도 이상한 우아하고도 속된 꿈이었다고 생각한다.

그 옛날 송나라의 대혜선사(大慧禪師)는 득도를 한 후에는, 무엇이든 간에 생각대로 못할 것이 없었으나 다만 꿈속에서 만은 속념(俗念)이 떠올라서 고생을 하였다고 하니 과연 지당한 말씀이다.

문예를 생업으로 하는 사람이라면 가끔은 아름다운 꿈을 꾸어 상상의 나래를 활짝 펼쳐야 할 것이다.

이런 꿈은 대체로 그림이나 시로도 쓸모가 없을 것이라고 생각하면서 몸을 뒤척이니 언제부턴가 장지문에는 달빛이 휘황하고 나무 가지 2~3개가 비스듬히 그림자를 적시고 있었다. 청명한 봄밤이었다.

무슨 느낌 때문인가 누군가 작은 소리로 노래를 부르고 있는 듯하다. 꿈속에서 들던 그 노래 소리가 이승으로 빠져나왔단 말이냐, 아니면 이승의 소리가 아득한 꿈나라로 잘못 섞여 들어간 것인가 귀를 기울인다.

확실히 누군가 노래를 부르고 있다. 가냘프게 그리고 나지막한 소리는 틀림없으나 겨우 잠들려고 하는 봄의 야밤중에 한 가닥 맥박이 되살아난다. 이상한 것은 노래의 곡조는 어쨌든 간에 가사의 사연을-베개머리가 아니라서 짐작할 수 없을 것인데-잘들을 수 있었다. 그것은 결국 나가라(長良)아가씨의 노래를 되풀이해서 부르는 것 같았다.

처음에는 마루근처에서 들렸는데 점점 가늘어져서 멀리 멀어져간다. 어쩔 수 없이 돌연한 느낌은 있으나 연민은 희미하다.

뚝 끊어지는 소리를 듣는 사람의 마음에는, 역시 뚝 끊어지고 단념하는 느낌이 든다. 이렇다 할 매듭도 없이 자연히 가늘어져서 어느덧 꺼져버리는 현상에 나 또한 분초를 주리고 찢어져서 허전함이 더해간다. 죽으려들면 죽어가는 병든 사내처럼, 꺼질 것이라면 꺼져가는 등불처럼 그칠까 멎을까 마음 졸이는 노래의 안쪽에는, 이 세상에 있는 봄의 원한을 모조리 긁어모으는 가락이 있었다.

지금까지는 침구 속에서 듣고만 있었으나 노래 소리가 점점 멀어져 가는데 내 귀도 뒤따라 가려고 움찔거린다. 소리가 더 멀어질수록 그리워서 귀만이라도 달려가고 싶었다. 아무리 초조하게 굴어봤자 결국에는 안 들리게 될 것이라고 판단하는 순간 나는 참을 수가 없어 이불을 박차고 쇼지문을 열었다. 그때 나의 무릎아래는 비스듬하게 달빛이 흠뻑 비치고 있었다.

잠옷 위에도 나뭇가지의 그림자가 흔들거리고 있었다.

쇼지문을 열 때는 그따위 것은 관심도 없었다. 그 소리는 어딘가 하고 들리는 방향을 유심히 살펴보니-맞은편에 있었다. 꽃이라면 해당화(海棠花)같은 나무줄기에 등을 기대고 쌀쌀한 달빛을 머금은 몽롱한 그림자가 있었다.

'바로 저것이다.' 라고 확신 할 틈새도 없이 검은 물체는 꽃그림자를 짓밟으며 오른쪽으로 꺾여 사라진다. 내 방과 연결되는 집모서리가 키가 늘씬한 여인의 뒷모습을 가로막아 버린다.

유카타(浴衣) 한 장으로 쇼지문에 의지하며 한동안 망연자실했다가 잠시 제 정신으로 돌아오니 산촌의 봄은 한기가 대단했다. 어쨌든 간에 이불속으로 들어가서 생각에 잠긴다. 베개밑에 회중시계를 꺼내 보니 밤중 1시10분이었다. 시계를 집어넣고 다시 생각에 잠긴다.

설마 그것이 도깨비는 아니겠지. 도깨비가 아니면 인간일 것이고 인간이라면 분명 여인일 것이다. 아니면 혹시 이 댁 아가씨 일지도 모를 일이다. 그건 그렇다 치고, 그러나 출가했든 아니든 아가씨의 체통으로는 이 야밤중에 산마루로 이어지는 정원으로 나서는 것은 온당한 처신이라고는 말할 수 없을 것이다.

어쨌든 좀처럼 잠을 잘 수가 없다. 베개 밑에 넣어둔 시계마저 오늘따라 재깍 거린다. 지금까지 회중시계 소리를 신경 쓴 일은 없었는데 오늘 따라 '더 생각 해봐! 더 심사숙고해 보라니까!!!' 하며 재촉하는 듯이 무례하다.

무서운 것은 그저 무서운 그대로의 자태를 본다면 시(詩)가 되는 것이다. 아무리 무시무시한 것도 자신을 떠나서 그저 단독으로 대단하다고 생각하면 그림이 된다. 실연(失戀)이 예술의 제목이 되는 것도 그와 같은 것이다.

실연의 고통을 잊어버리고, 그의 우아한 점이라든지, 동정이 머물던 점이라든지, 가끔은 우수가 지나가는 모습이라든지, 한 발 나아가서 보면 실연의 넘치는 고통 그 자체를 두고, 단순이 객관적으로 그리고 직관적으로 문학과 미술의 소재가 될 수 있다.

세상에 있지도 않는 실연을 제조해서 스스로 번민하고 쾌락을 탐욕하는 무리가 존재한다. 정상인은 이를 두고 말할 때 우둔하다고 한다. 또는 정신이상이라고도 한다.

그러고, 스스로 불행의 윤곽을 그려놓고 그 속에 즐기면서 기거한다는 것은, 스스로를 실재하지도 않는 산수를 화각(畵刻)해서 자기만의 별세계를 환희하는 것도 또한 예술적 근거에서 볼 때는 전적으로 동일한 우인배라고 볼 수 밖에 없다.

이런 관점에서 볼 때 이 세상의 많은 예술가는(일상인으로서는 어떨지 모르지만) 내가 볼 때는 정상인에 비하면 우둔하고 이상한 사람들이 많다. 우리들은 여행을 하는 동안 아침부터 저녁까지 온종일이 고생스럽다고 불평을 계속하고 있으나, 다녀와서는 불평은 고사하고 재미있고 유쾌하고 의기양양한 얼굴로 과장해서 수다를 떤다.

이것은 감히 자기 자신을 사칭하거나 허위의 뜻은 티끌만큼도 없다. 여행은 평상심을 가지고 다녀온 고장을 자랑할 때도 벌써 시인의 경지에 있느니 만큼 이러한 모순도 생긴다.

그러고 보면 四각(四角)의 세계를 상식이란 이름으로 一각(一角)을 마멸해서 三각(三角)속에 사는 사람들을 예술가라고 불러도 좋을 것이다.

이러한 까닭에 천연이든 인사이든 대중이 상대의 기세에 눌려서 물러서는 것에는, 예술가는 무수한 아름다운 시문(詩文)을 얻을 것이며 무상의 보옥을 발견할 것이다. 속세에서는 이 것을 미화(美化)라고 지칭하고 있다. 사실은 미화도 아무것도 아니다.

찬란한 광채는 그 옛날부터 아름답게 빛나고 있었고 세계현상(世界現象)에 실재하던 것들이다. 단지 번뇌에 집착해서 깨치지 못했을 뿐이며, 세속 간에 뒤얽혀 있는 굴레 줄을 끊을 수 없어서, 명예와 치욕, 성공과 실패의 세속적인 관심사에 얽매여 살고 있기 때문에, 터너(英國風景畵家)도 기차를 그리기 전에는 기차의 아름다움을 이해하지 못했고, 응거(應擧·江戶中期의畵家)가 유령을 그리기 전에는 유령의 아름다움을 모른 채 지나쳐 버린 것이다.

내가 조금 전에 보았든 그림자도 단지 그것 뿐인 현상이라면, 그 누가 봐도 누구에게 들려줘도 풍요한 시정(詩情)이 넘치고 있다.─외딴 마을에 있는 온천장─봄 야반의 꽃 그림자─달빛 아래 낮은 노래 소리─으스름달밤의 뒷모습─이것저것 할 것 없이 예술가의 호제목이다.

이러한 좋은 제목을 두고 쓸데없이 따지고 쓸데없이 떠보다가 더 바랄나위 없는 풍류를 짓 밟아 버리고 말았다. 이래서는 인정머리 없고 표방할 가치도 없을 것이다. 좀 더 수행하지 않으면 시인으로서 화가로서 떠들고 다닐 자격이 없다고 할 것이다.

옛날 이태리의 화가 살바톨 로자는 도적(盜賊)을 연구할 일심으로 위험을 무릅쓰고 산적 패(山賊輩)속에 들어갔었다고 한다.

표연(飄然)히 화첩(畵帖)을 안고 집을 떠나온 이상 나 역시 이만한 각오는 당연히 가져야지 참으로 부끄러운 일이다.

이러할 때, 어떻게 하면 시적위치에 돌아갈 수 있느냐하면 자기 자신의 느낌을 견지하고, 그 느낌에서 한발 물러서서 사실대로 객관적으로 검사하는 여유만 있으면 가능한 것이다. 시인이란 자기의 시체(屍體)를 자기 자신이 해부(解剖)하고 그 병상(病狀)을 천하에 발표하는 의무가 있는 것이다. 그 방법에는 여러 가지가 있지만 가장 편리한 것은 닥치는 대로 17자(俳句,短詩)로 모아서 합쳐보면 될 것이다.

17자(하이쿠)는 시형(詩形)으로서는 가장 간편한 것인 만큼 세수를 할 때나, 화장실에 갔을 때나, 전철을 탔을 때 쉽게 만들 수 있다.

하이쿠가 편리하다고 해서 바로 시인이 되는 것은 아니며, 진정한 시인이란 일종의 〈깨달음의 경지〉이니만큼 모멸감을 느낄 필요는 없다. 경편하면 할수록 공덕이 되는 것이니 오히려 존중할 일이다.

가령, 좀 화가 났다고 치자. 화가 난 것을 곧장 17자로 엮어 보자. 17자로 만들어 질 때 자신의 울화가 벌써 타인의 것으로 변하고 있다.

화를 냈다가 하이쿠를 만들었다가 한사람이 그렇게 동시에 동작을 할 수 없을 것이다. 찔끔 눈물을 흘린다. 이 눈물을 하이쿠(17자)로 지어보자. 그러자말자 즐거워진다. 눈물을 17자로 한데 모으니 괴로운 눈물은 나 자신으로부터 유리(遊離)해서 나는 눈물도 울음도 이해하는 사내라고 기쁨을 느끼게 될 것이다.

이것이 평소의 나의 주장이다. 오늘밤에도 이 주장을 실행해보려고 이부자리 속에서 겪었든 그 사건을 이리저리 글귀를 맞춰본다.

맞춰지면 곧장 기록하지 않으면 산만해진다는 수업대로 스켓치북을 꺼내서 베갯머리에 두었다.

〈해당 꽃이여 이슬을 뿌리치며 광녀(狂女)는 숨다〉라고 적어놓고 읽어보니 큰 재미는 없으나 그렇다고 느낌이 나쁠 것도 없다.

다음은 〈꽃 그림자인가? 여자의 그림자인가? 아련한 봄밤〉이라고 갈겼으나 계어(季語 · 꽃과봄)가 겹친다. 그러나 아무럼 어떤가. 마음을 가라 앉히고 느긋해지면 그만이야.

그리고는 〈정일품여우(正一品狐 · 稲荷神의使者)여자로 둔갑 했나 아련한 봄밤〉이라 지었으나 미친 글 같아서 나 자신이 우스꽝스러웠다.

이런 기세라면 마음 내키는 대로 나오는 대로 전부 적어두기로 하자.

봄밤에 별을 따와서 찔렀는가 여인의 비녀
봄날의 밤에 구름도 젖어드는 갓 감은 머리
봄날의 이 밤 노래로 섬기려는 그대의 모습
해당의 정(精)이 넘쳐서 솟아나는 달밤이구나
달 밝은 봄에 이따금 노래하며 헤매는구나
매정하게도 깊어가는 봄밤의 청춘의 고독

이런저런 시도를 하는 동안 꾸벅꾸벅 잠이 든다.

황홀(恍惚)이라고 하는 것은 이런 경우에 가장 어울리는 형용사라고 생각한다. 숙면을 할 때는 그 누구든 자의식은 없다. 뚜렷이 잠에서 깼을 때는 누구든 바깥세계를 분간 못하는 자는 없을 것이다. 그러나 이 두 영역의 경계에는 실낱같은 〈몽환(夢幻)의 세계〉가 가로놓여있다.

깨여있다고 하기에는 너무 몽롱(朦朧)하고 잠자고 있다고 하기에는 생기가 돌고 있다. 수면과 각성(覺醒)의 두 세계(二界)를 한 병속에 넣어서, 시와 노래의 화필로 한결같이 저어서 뒤섞은 상태를 말하는 것이다.

자연의 색채를, 꿈의 직전상태까지 선염(渲染.번짐)을 해서 사실적(寫實的)인 우주를 안개의 나라로 밀어 넣는다. 수마(睡魔)의 신기(神技)를 빌어서 모든 실상(實相)의 각도를 부드럽게 하고 그 완화된 천지에 내 자신의 미약하고 희미한 혈맥을 순환(循環)하고 싶어진다.

땅을 기어가는 연기(煙氣)가 날고 싶어도 날지 못하는 것처럼, 내 영혼(靈魂)이 내 자신의 껍질을 벗고 싶어도 벗지 못하는 상태이다.

빠져나오려다가 주저하고 주저하다가 탈출하려고 하는 결국은, 영혼이란 개체를 의리(義理)도 없이 보유하지 못하고, 천지의 기(氣)가 흐트러지는 것도 아니면서 사지오체(全身)을 뒤얽혀 있으니 언제까지나 미련을 버리지 못하고 있다.

내가 비몽사몽간에 이처럼 소요(逍遙)하고 있는데, 쇼지문이 스르르 열린다. 열린 곳으로 환상처럼 여자의 그림자가 나타난다. 나는 놀라지 않았다. 무섭지도 않았다. 단지 기분 좋게 바라보고 있었다.

바라보고 있었다고 하면 말이 좀 지나치는가.

나는 눈을 감고 있는데 환영(幻影)의 여인은 소리도 없이 들어온다. 환상(幻像)은 슬금슬금 방안으로 들어선다. 선녀(仙女)가 물결을 건너듯이 다다미를 스치는 인기척도 없다. 눈을 감고 짐작하는 세계라 확실한 것은 아니지만, 살결은 희고 윤이 나는 검은 머리하며 목덜미가 길어서 아름다웠다. 요즘에 유행하는 보카시 사진(희미한 영상)을 등불에 비춰보는 느낌이다.

환상(幻像)은 벽장 앞에서 멈췄다. 벽장을 연다. 하얀 팔이

옷소매를 제치고 깜깜한 공간에 넌지시 내민다. 벽장을 다시 닫는다. 다다미의 물결이 자진해서 환영(幻影)을 건네다준다. 방 쇼지문이 저절로 닫힌다.

나의 수면은 점차 더욱 깊이 떨어진다. 사람이 죽어서 또다시 소나 말이 되어 태어나기 전에는 대략 이런 상태가 아니겠는가.

대체 언제까지 사람과 말의 새중간에서 자고 있었든지 알 수가 없다. 귓전에서 킥킥거리는 여자의 웃음소리에 눈을 떴다. 눈을 뜨니 밤의 장막은 벌써 걷어치우고 천하는 구석구석이 환이 밝아 있었다.

화창한 봄날은 원창(圓窓)의 대창살이 검고 뚜렸한 것을 보면, 이 세상에 불가사의(不可思議)는 들어설 자리가 없을 것만 같다.

신비(神秘)는, 벌써 극락정토(極樂淨土)로 건너가 버린 지도 모를 일이다.

유카타(浴衣)를 걸치고 온천탕으로 내려가서 5분정도 유연하게 탕에서 얼굴만 띄우고 있었다. 씻을 생각도 탕 밖으로 나갈 생각도 없다.

도대체 간밤에는 어째서 그따위 기분에 빠져들었든지 알 수가 없다.

낮과 밤의 경계사이에는 이런 천지가 뒤집히는 것 같은 묘미의 극치가 있다.

몸을 닦는 것도 귀찮아서 대강하고 젖은 채로 탈의실 문을 여는데 깜짝 놀랐다.

"안녕하세요. 간밤에는 잘 주무셨나요?"

문을 여는 것과 인사말이 거의 동시에 떨어진다. 거기 사람이 있을 리가 없었는데, 마주치는 순간 인사말에는 대꾸할 틈도 없이 "자요, 입으세요." 하며 뒤쪽으로 가서 가볍게 덮어준다.

간신히 "고마워요……" 하고 돌아서는 순간 여인은 두세 걸음 뒤쪽으로 물러선다.

옛날부터 소설가는 반듯이 주인공의 용모를 극력 묘사하는데 시세가 정해져 있다. 동서고금(東西古今)의 언어로서 가인(佳人)을 평가하는데 사용한 것을 열거하자면 아마도 팔만대장경(八萬大藏經)과 그 수량을 두고 다툴지도 모른다. 그 기세에 물러설 수밖에 없는 많은 형용사 중에서, 나와 세 발작의 거리에서 몸을 비스듬히 꼬면서 곁눈질로 경악하고 당황하는 나를 통쾌한 듯이 바라보는 여자를, 적당이 평가하는 용어를 쓸어 모으면 그 양이 얼마나 될까.

그러나 내가 이 세상에 태어나서 30년인데 나는 아직까지 그런 표정을 본 일이 없다.

미술가의 강평(講評)을 들어보면 그리스 조각(彫刻)의 이상은 단숙(端肅,단정엄숙)의 두 글자에 귀결(歸結)한다고 한다. 단숙이란, 인간의 활력(活力)이 역동(力動)하려고 하는데 아직 역동하지 않는 상태의 모습을 생각한다. 만일, 역동한다면 풍운(風雲)이나 천둥(雷霆)이냐, 분간을 할 수 없는 여운(餘韻)이 신비롭게 존재하며 함축적인 아취(含蓄的雅趣)가 백세(百世)에 전해지는 것이다.

세상에 수많은 존엄(尊嚴)과 위의(威儀)는 침착과 정숙의 이면(裏面)에 숨어있는 것이다. 움직이면 나타난다. 나타나면 1이냐 2냐 3이냐 반듯이 결말이 나게 마련이다. 1이고 2고 3이고 간에 반듯이 특수한 능력임에는 틀림이 없겠으나, 벌써 1이 되고, 2가 되고, 3이 실현된 이상 흙탕물을 뒤집어 쓰는 우를 범하고도 본래의 원만상의 회귀는 어려울 것이다

이 때문에 동(動)이란 이름이 붙는 것은 대체로 저속한 것이다. 웅케이(運慶, 가마쿠라시대의佛師)의 인왕(仁王)도 호쿠사이(北齋)의 만화도 단연코 동자(動字)한자 때문에 실패하였다. 동(動)이냐 정(靜)이냐

이것이 우리들 화가의 운명을 지배하는 큰 문제라고 생각한다.

옛날부터 미인의 형용도 대체로 이 이대범주(二大範疇)안에서 택일하고 정진(精進)하면 성취할 수 있을 것이다.

그른데 여자의 표정을 보면 나로서는 결국 판단이 망설여진다.

입은 一자로 다물고 조용하다. 눈은 사소한 틈새라도 없나하고 민첩하게 움직이고 있다. 얼굴은 아랫볼이 볼록한 계란형이라 통통해서 안정감은 있는데 반해서 이마가 협소해서 갑갑하고 째째해서 소위 후지비타이(富士額, 앞이마 털 윤곽)의 속취(俗臭)가 난다.

뿐만 아니라 눈썹은 양쪽에서 다가와서 그 중간쯤에 박하 물을 떨어트린 것처럼 씰룩거린다. 코만큼은 경박하게 예리하지도 지둔하게 동굴지도 않다. 그림으로 그려보면 아름다울 것이다. 이처럼 이목구비가 모두 만만찮은 개성이 있고 질서가 있기는 한데, 갑자기 막무가내로 시야에 뛰어드니 내가 판단을 헤매는 것도 당연한 얘기다.

원래는 정적(靜的)상태로 있어야할 대지의 일각에 결함이 생겨서 뜻하지 않게 동적(動的)상태가 되었는데, 동(動)이란 원래의 성질에 반한다고 깨닫고 왕년의 원상복기를 노력하였으나, 이미 평형을 상실한 기세를 어쩔 도리가 없어서 뜻하지 않게 〈동〉을 계속한 오늘에 와서, 자포자기가 되어 억지라도 〈동〉을 보여주리라고 하는 의욕이 있다면 마침내 이 여인을 두고 형용하고 표현할 수 있을 것이다.

그러므로 경멸의 뒷면에는 어딘지 모르게 사람에게 매달리고 싶은 모습이 보이는 것이다. 사람을 업신여기는 그 바닥에는 신중한 분별심이 움트고 있다. 재능을 믿고 의욕을 보이면 백인의 남자라도 문제없다고 하는 위세의 저변에는, 또한 온화한 인정은 샘솟을 것이다.

아무리 봐도 표정에 일치성이 없다. 깨달음(惡性)과 미망(迷妄)이 한집안에서 싸움하며 동거하고 있는 형국이다. 이 여인의 얼굴에서 통일의 느낌이 없는 것은 마음 바탕에 통일이 없는 증거이며, 마음의 통일이 없는 것은 이 여인의 세계관에 통일이 없기 때문일 것이다.

불행을 강요당하면서 그 불행을 정면으로 반격해서 승리하고자하는 그런 얼굴이다. 불행한 여인이다.

"고마워요."를 몇 번이고 반복하면서 가볍게 인사했다.

"호호호 손님방 청소는 끝났습니다. 들어가 보셔요. 그럼 또⋯⋯"하며 날쌔게 허리를 비틀며 복도를 가볍게 달려갔다. 머리는 이초가에시(銀杏返.정수리에서 갈라 튼 머리)로 틀고 있었다. 하얀 옷깃이 뒷머리 아래로 보인다. 오비(帶. 허리띠)의 검은 공단은 멋으로 한쪽만 매였든가.

四

　멍청하니 방에 돌아가 보니 과연 깨끗하게 치워져 있었다. 뭔가 조금 마음에 걸려서 벽장을 열어보았다. 아래쪽에는 자그마한 옷장이 있었다. 위에서 유젠(友禪.날염비단)의시고키(扱帶.기장을 조절하는 띠)가 반쯤 밖으로 걸쳐져 있는 것을 보면, 누군가 옷가지를 급하게 꺼내고 나간 것을 추리할 수 가 있다. 시고키 띠의 위쪽은 요염한 의상사이에 숨어서 끝머리는 보이질 않는다. 옷장 옆에는 책들이 들어있었는데 가장 위에는 하쿠인 스님(白隱和尙)의 오라테가마(遠良天釜)와 이세설화(伊勢物語) 한권이 나란히 꽂혀 있었다.

　이런 정황을 보니 간밤의 비몽사몽은 사실이었을지도 모를 일이다.

별생각 없이 방석에 앉아보니 흑단 책상에는 내 스켓치북이 있고 연필이 끼워진 채로 소중하게 펼쳐져 있었다. 정신없이 갈겨쓴 글귀가 아침에는 어떨까하고 집어 든다.

〈해당화가지 이슬을 털고 가는 미친 여인아〉의 아랫줄에 누군가가 〈해당꽃가지 이슬을 털고 가는 방랑까마귀〉라고 쓴 것이 있다.

연필로 쓴 것이라 서체는 잘 모르겠으나 여자글씨로서는 딱딱한 것 같고 남자글씨로서는 좀 지나치게 부드럽다. 이것 봐라 하고 또 한 번 놀라다. 〈꽃 그림자도 여인의 그림자도 아련하구나〉의 아래 줄에 〈꽃 그림자에 여인의 그림자가 겹쳐 졌구나〉라고 적혀있었다.

〈정일품여우 여인으로 둔갑한 아련한 달밤〉의 밑에는〈귀공자면서 여자로 둔갑하는 아련한 달밤〉이라고 했다.

모방을 할 참인가 첨삭(添削)을 할 참인가 아니면 풍류의 교류인가, 바보인가 아니면 바보취급을 하는 것인가, 나는 고개를 갸웃 거렸다.

나중에 들린다고 했으니 식사 때는 만나게 될지도 모를 일이다. 오기만하면 다소간의 사정은 알 수 있을 것이다. 시계를 보니 11시가 지나고 있었다. 참으로 잘 잤다고 생각한다. 이렇게 되면 점심만 먹고 이력저럭 때우는 것이 위(胃)를 위해서는 좋을 것이다.

오른편 쇼지문을 열고 간밤의 생각나는 흔적은 어디쯤인지 바라본다.

해당(海棠)이라 감정한 것은 과연 그대로 해당이었으나 정원은 생각보다는 좁았다. 5~6장의 징검돌은 푸른 이끼로 파 묻혀서 맨발로 걸어봤으면 촉감이 좋을 듯하다. 좌측은 산으로 이어지는 벼랑에는 소나무가 비스듬하게 바위사이에서 정원으로 내밀고 있다. 해당꽃 뒤쪽에는 덤불이 있고 그 깊숙한 안쪽에는 큰 죽림(竹林)이 있어 봄바람이 불면 청록색의 깃발처럼 휘날리고 있었다. 우측은 집에 가려서 보이질 않으나 지세로 봐서 완만한 경사가 이어져서 온천장으로 이르게 되는 모양이다.

산마루가 끝이 나니 구릉이 되고 구릉이 끝나니 평지가 되어가다가 결국은 바다 밑으로 잠겨 들어가 150리(里)밖에서 우뚝 솟아올라 주위 60리의 마야 섬(摩耶島)이 된다. 이것이 나고이(那古井)의 지형이다. 온천장은 구릉자락 낭떠러지 근처의 경치를 정원 쪽으로 편입해서 건축한관계로, 앞면은 2층이지만 뒷면에서는 일층집이다.

마루 끝에서 다리를 드리우면 이끼를 밟을 수가 있다. 그래서 간밤에는 필요없이 계단을 오르내리고해서 이상한 집구조라고 생각하였다.

　이번에는 왼쪽 창을 열어보자. 어마어마하게 큰 반석(盤石)에는 자연적으로 생긴 한평 남짓한 물구덩이가 있는데 야마자쿠라(山櫻)그림자를 하루 종일 적시고 있다. 두 세포기의 조릿대가 바위모서리를 꾸민다. 맞은편에는 구기나무 같은 울타리가 있고, 바깥쪽은 바닷가에서 언덕으로 오르는 옆길인지 때때로 사람소리가 난다. 행길 저쪽은 완만한 경사지는 밀감 밭이며 골짜기가 끝나는 근처는 큰 대밭이 흰색으로 빛나고 있었다.

　대(竹) 잎사귀가 먼 곳에서 봤을 때 희게 빛난 것은 처음 경험 할 때였다. 대밭 위쪽은 송림이 울창하고 빨간 나무줄기 사이로 석등 5~6개가 손에 잡힐 듯이 보인다. 아마도 사찰(寺刹)일 것이다.

　입구의 후수마(맹장지)를 열고 마루에 나가니 난간이 사각으로 꺾여서 방향으로 말하자면 바다를 전망할 자리에 안뜰(中庭)을 사이에 두고 앞쪽 2층의 한 칸이 있다. 내가 쓰고 있는 방도 난간에 따르자면 결국은 같은 높이의 2층이라고 하니 재미있는 일이다. 온천욕조는 지하에 있어서 입탕(入湯)이라는 것을 따진다면 나는 3층 누각 위에서 기거하는 셈이 된다.

　집 규모는 광대하나 맞은편 2층 한 칸과 내방의 난간을 오를

쪽을 따라 꺾어진 한 칸 이외는 안방과 주방은 알 수 없고, 객실이나 거실이름이 붙을 만 한 곳은 전부 폐쇄하고 있다.

숙객은 나를 제외하면 거의 전무상태가 아닌가 생각한다.

닫혀진 방은 낮에도 덧문을 열지 않고 열었다고 하면 밤에는 닫지 않는 모양이다. 이런 상태라면 앞문이나 현관문인들 닫을지 말지 의심스럽다. 이왕에 비인정(非人情.의리인정을 초월한 경지)한 나그네에게는 참으로 안성마춤 이라고 할 수 있다.

시계는 정오 가까이 되었는데 도대체 점심을 줄 낌새가 없다. 어지간이 허기를 느끼기는 하나〈空山不見人(쓸쓸하고 조용한 산에는 사람 그림자도 없다)〉고하는 고시(古詩)가 있기도 하니 한 끼 쯤 이야 굶어도 유감은 없다. 그림 그리기도 귀찮다. 단시(短詩)는 짓지 않아도 단시삼매(三昧)에 들어가 있으니 만들면 오히려 촌스럽다.

독서를 하려고 이젤에 묶어서 가져온 2-3권의 책도 풀어 볼 생각조차 없다. 그래서 따뜻한 봄볕에 등이나 지지고 대청마루에 드리운 꽃 그림자와 더불어 뒹구는 것이 천하의 환락이 아니겠는가.

이것저것 생각하면 외도로 타락한다. 설치면 위험하다. 가능하다면 콧구멍으로 숨 쉬는 것조차 삼가 해야지. 다다미방에서 돋아난 식물처럼 한 2주일쯤 꼼짝 말고 여기서 살아보고 싶다.

이윽고 복도에서 발소리가 나고 계단 아래서 누군가 올라오고 있다. 가까이 다가서는 것을 듣고 보니 두 사람 인 것 같다. 그 것이 방 앞에 도착 했구나 했을 때 한사람은 한마디 말도 없이 온 길로 뒤돌아가 버린다.

후스마가 열리자 아침에 만난 그 사람인 줄 알았는데 역시 간밤의 그 계집애였다. 어쩐지 허전하다.

"늦어서 죄송합니다."며 밥상을 차린다. 아침식사에 대한 변명은 한마디도 없다. 생선구이에 파란 것을 곁들이고, 나무공기의 뚜껑을 열어보니 어린 새 고사리에 홍백으로 물들인 새우가 도사리고 있었다.

아 정말 좋은 색깔이구나 하고 생각하며 공기 안을 들여다본다.

"싫어하세요?"라고 하녀가 묻는다.

"아니야 이제 곧 먹을께."하고 말했으나 실제로 먹기에는 아까운 느낌이 들었다. 타너(畫家)가 어느 만찬자리에서 쟁반에 가득히 담아낸 샐러드를 주시하면서, 이것이 내가 즐겨 쓰는 색채(色彩)라며 옆 손님에게 자랑했다는 숨은 얘기를 어느 책에서 읽은 일이 있었는데 이 새우와 새 고사리의 색의조화를 타너에게 잠시라도 보여주고 싶었다.

대체로 서양요리에는 색깔이 좋은 것은 별로 보지 못했다.

있다고 하면 샐러드와 빨간 무가 있을 정도다. 영양가로 봐서는 어떨지 잘 모르겠으나 화가가 보는 바로는 아주 발달하지 못한 요리다.

거기에 비하면 일본의 식단은 맑은장국, 첫 요리, 생선회라 할지라도 볼품이 있게 낸다. 회석(會席) 요리상을 앞에 두고 젓가락질 안하고 그냥 보기만하고 돌아와도 눈요기 값은 충분한 것이다.

"이집에 젊은 여자가 있지?"하며 국 공기를 놓으면서 물어 보았다.

"예"

"그분은 누구지?"

"새아씨 입니다요."

"또 다른 나이든 아주머니가 계시냐?"

"작년에 돌아 가셨어요"

"어르신은"

"계십니다요. 어르신 따님이세요"

"그 젊은분이?"

"예"

"손님은 계시는가?"

"안계십니다."

"그럼 나 혼자란 말이지?"

"예 그렇습니다요."

"새색시는 매일 뭘하고 계시냐?"

"바느질……"

"그리고"

"샤미센(三味線)을 타지요"

이것은 의외였다. 재미있어서 또

"그리고는?"

"절에 가십니다요."라고 계집애가 말한다.

이건 또 의외였다. 절(寺)과 샤미센은 무슨 묘한 인연인가.

"참배하러 가시는 거야?"

"아녜요, 큰스님 뵈려 가시지요."

"스님께서 샤미센 이라도 배우시나?"

"아닙니다요."

"그럼 무엇 하러 간다는 것이냐?"

"다이테쓰(大徹)큰스님이 계시는 곳에 가십니다."

과연 다이테쓰는 이방에 걸려있는 액자를 쓴 사내가 틀림없다. 이 문구에서 느낌은 선사(禪師)인듯하다. 벽장에 오라테가마(遠良天釜)책이 있었든 것은 틀림없이 그 여인의 소지품일 것이다.

"이 방은 평소에는 누가 쓰고 있냐?"

"보통 때는 새아씨가 계십니다요."

"그럼 간밤에 내가 올 때 까지는 여기 있었다는 얘기냐?"

"예."

"그건 미안하게 되었군 그래. 그건 그렇고 다이테쓰 스님에게는 뭣 하러 간대?"

"모릅니다요"

"그리고 말이야..."

"무엇입니까요?"

"그리고 또 뭔가 다른 것 하는게 있지?"

"여러 가지……"

"여러가지라면, 어떤 것을?"

"모릅니다요."

대화는 여기서 끝났다. 식사도 겨우 끝이 났다. 밥상을 물리기 위해 후수마를 여니 안뜰 정원수 넘어로 맞은편 2층 난간에서 〈이초가에시〉로 튼 머리를 한 새댁이 볼을 괴고 관세음보살처럼 아래를 보고 있었다. 오늘 아침과는 달리 참으로 조용한 모습이다. 고개를 숙인 채 눈동자의 움직임이 없었으니 차분한 표정으로 변했는지도 모른다.

옛날 사람은 사람이 가진 것 중에 눈동자 이상 되는 보배는 없다고 하였다는데, 과연 사람이 어찌 이것을 숨길 소냐, 인간이 가진 기관(器官)중에 눈동자처럼 활발한 것은 없다. 아자 난간(亞字欄干)아래서, 속념을 떠난 한 쌍의 나비가 붙었다가 떨어지며 춤추듯 너울거리며 올라간다. 갑자기 내방 후스마가 열였다. 후스마어는 소리에 갑자기 나비에서 나에게 시선을 돌린다.

시선은 독(毒)을 바른 화살처럼 허공을 뚫고 인사도 없이 내 미간을 겨누고 떨어진다. 깜짝할 사이에 하녀가 후스마를 꼭 닫아버린다.

그 다음은 팔자 좋은 봄날이 된다.

그리하여 나는 또다시 벌렁 드러누웠다. 갑자기 떠오르는 것은,

Sadder than is the moon's lost light,
Lost ere the kindling of dawn,
To travellers journeying on,
The shutting of thy fair face from my sight,

동이 트기 전에 달빛이 없어지는 것 보다/ 방랑하는 나그네인 나에게는/ 당신의 아름다운 그 모습이 눈앞에서 사라지는 것이 더욱 슬프다

그러한 글귀였다. 가령 내가 튼 머리 새아씨를 연모하여 이 몸이 망가져도 만나고 싶을 때, 지금처럼 한번 흘낏 보고 헤어

진다고 하면 혼이 빠지도록 환희와 애석함을 느끼며 나는 이런 의미의 시를 썼을 것이다. 그리고 그 위에

Might I look on thee in death,
With bliss I would yield my breath.

만약 죽어서도 당신을 볼 수 있다면, 나는 더없는 환희심을 가지고 이 숨을 끊겠오.

라고 하는 두 줄의 시구를 첨가하였을 것이다. 다행이 흔하게 있는 평범한 연애의 경계는 벌써 초월하고 그러한 고뇌는 느껴보고 싶어도 느껴지질 않는다. 그러나 이 찰나에 뜻하지 않게 일어난 사건의 시심(詩心)은 넉넉하게 5~6행 글줄에 표현하고 있다.

나와 튼 머리 새아씨 사이가 이렇게 애절한 심정은 아니라할지라도 지금 두 사람의 관계를 이 시에 적용해보는 것도 흥미가 있다. 아니면 이 시의 의미를 우리들의 처지에 끌어당겨서 해석해보는 것 또한 유쾌한 일이다. 두 사람의 사이에는 어떤 인과(因果)의 가는 실로 이 시에 표현된 경우의 일부분이 사실이 되어 묶어져 있는 것이다. 인과라고 한들 이처럼 실이 가늘다면 걱정할 것은 없을 것이다. 그 위에 보통 실하고는 태생이 다르다. 하늘을 가로지른 무지개의 실, 들판에 깔리는 봄 안개

의 실, 이슬에 빛나는 거미의 실.

끊어버리고 싶다면 금방이라도 끊어지는 실, 보고 있으면 두드러지게 아름답다.

만약 이 실이 순식간에 두레박줄 처럼 굵고 굳어 진다면? 그런 위험성은 전혀 없다. 나는 화가이며 그녀는 보통여자가 아니거든.

갑자기 후스마가 열린다. 몸을 뒤척이다가 입구를 보니 인과의 여인이 문지방에서 청자 대접을 쟁반위에 받쳐 들고 서성거리고 서 있었다.

"아직도 주무시고 계세요? 간밤에는 페스러웠죠. 몇 번씩이나 괴롭혀서, 호호호" 하고 웃는다. 겁내는 기색도, 숨기는 기색도, 수줍은 기색도 물론 없다. 오히려 이쪽이 선수를 빼앗긴 셈이다.

"아침에는 고마웠어요."하고 또 인사를 했다. 생각을 해보니 탄젠(丹前.두툼한 솜 겉옷)인사를 세 번이나 한 셈이다. 그것도 세 번 다 그저 고마워하고 단 석자로 끝이다.

내가 일어나려고 하는데 여자가 재빠르게 베갯머리에 앉아

"그냥 누워 계세요. 누워계셔도 얘기는 얼마든지 할 수 있죠."라고 소탈하게 말한다. 나는 전적으로 동감하면서 배를 깔고 양손으로 턱을 받쳤다.

"무료할까 해서 차를 준비 했어요"

"아리가토" 또 아리가토가 나왔다. 과자접시에는 고급양갱이가 가지런하다. 나는 모든 과자 중에서 양갱이를 가장 좋아한다. 특별히 꼭 먹고 싶다는 것은 아닌데, 그 살결이 매끄럽고 치밀하고 게다가 광선을 받아 반투명한 상태는 어디를 보든 하나의 예술품이다. 특히 청색을 머금은 반죽 법은 옥과 납석의 잡종 같아 참으로 볼품이 있다.

뿐만 아니라 청자접시에 담아낸 청색 양갱이는 청자 속에서 방금 태어난 것처럼 반질반질해서 무심코 만지고 싶다. 서양과자 중에서 이처럼 쾌감을 주는 것은 하나도 없다. 가령 크림색은 부드럽기는 하나 좀 답답하고, 젤리는 봐서는 보석 같기는 하나 푸둘푸둘 떠는 것이 양갱이 처럼 중후감이 없다. 백설탕과 우유를 가지고 오중탑을 만든다니 언어도단이라 할 수밖에 없다.

"야 훌륭한 솜씨네요."

"지금 막 겐베에(하인)가 사가지고 왔어요. 이정도면 당신께서 잡수시겠죠"

겐베에(하인)는 간밤에는 시내서 유숙한 것 같다. 나는 대답도 하지 않고 양갱이를 보고 있었다. 어디서 그 누가 사왔든 간에 상관이 없다. 단지 아름다우면 아름다운 것으로 충분히 만

족한다.

"색깔도 훌륭하고 양갱이가 손색이 없네요."

여인은 흥흥거리며 입가에는 잔물결이 번지고 있었다. 내말을 익살로 받은 모양이다. 그래 익살이라면 경멸을 받을 만도 하지.

지혜도 없는 자가 억지로 익살을 했을 때는, 흔히 이런 말을 잘한다.

"이건 시나(中國)겁니까?"

"뭐라고 했지요?"

"아무래도 시나 것 같아요" 접시를 들고 밑바닥을 본다"

"그런것 좋아 하시면 보여 드릴까요?"

"네 보여 주세요"

"부친이 골동을 애호해서 제법 여러가지 수집 한 것이 있어요. 아버지께 얘기해서 언제쯤 차대접이라도 하겠어요."

차(茶) 얘기를 듣고 나서는 다소 질리는 느낌이다. 세간에는 차인(茶人)만큼 거드름 피우는 풍류인은 없을 것이다. 넓은 시계(詩界)를 짐짓 꾸민 듯이 거북하게 경계를 치고, 자존을 일부러 부리고, 필요도 없는 국궁시늉을 하고, 거품을 마시고는 훌륭하다고 허풍을 떠는 것이 소위 차인들이다. 저런 번거로운 규칙 속에 아취(雅趣)가 있다고 하면 아자부연대(麻布聯隊,규

율이 엄함)에는 아취에 코가 틀어막힐 것이다.

우로 돌앗!! 앞으로 갓!! 하는 졸병들은 전부 차인이라야 한
다는 말이냐.

그것은 전혀 취미교육을 받지 못한 잡배들이 풍류의 의미를
모르고, 기계적으로 리큐(利休.茶聖)이후의 규칙을 잘못 해석
한 것이 진정한 풍류인들을 뒤흔들어 놓은 결과라 할 수 있다.

"차라고 하면 류의(流儀)법도가 있는 차회인가요?"

"아니예요, 류의고 뭐고 아무것도 없어요. 싫으시다면 안 마
셔도 좋은 차입니다."

"그렇다면 간 길에 마시겠습니다."

"호호호 아버지는 수집품을 사람들에게 보여주는 것을 좋아
하세요."

"칭찬을 해드려야 합니까?"

"연세가 많으신 분이라 칭찬하면 좋아하세요"

"그래요 조금이라면 칭찬해야지요"

"에누리해서 칭찬 좀 많이 해주셔요"

"하하하 그런데 당신 말씨는 시골이 아니네요"

"시골이 좋지요"

"하지만 토쿄에도 계셨지요"

"네 살았지요. 쿄토에도 있었지요. 철새처럼 여러 곳에서 살

왔어요"

"이곳과 도시 어느 쪽이 좋습니까"

"결국은 마찬가지지요"

"이처럼 조용한 곳이 오히려 홀가분 하지요"

"속이 편하고 안 편하고는 세상사는 맘먹기에 달렸어요. 벼룩 나라가 싫다고 모기 나라로 이사를 해봤자 아무런 소용이 없거든요."

"벼룩도 모기도 없는 나라에 가면 최고겠네요""그런 나라가 있으면 여기 내놔 보세요. 자 어서요"

"원하신다면 보여드리지요."하며 스켓치북을 꺼내서, 말을 탄 여인이 산 벚꽃을 바라보는 심정-물론 순식간에 그리는 화필이라 그림은 말이 아니다. 단지 그 분위기만 표현하고는,

"자요, 이 그림 안으로 들어가 보세요. 이곳에는 벼룩도 모기도 없으니까요"하며 코앞에 내밀었다. 놀라거나 수줍어하는 기색도 없고,

설마 고민하지도 않을 것이라 생각하면서 그의 표정을 엿보는데, "어머, 답답하고 숨막히는 세계로군요. 옆쪽만 길쭉한 곳을 좋아하세요, 마치 게구멍 같애"하고 내뱉었다.

나는"허허, 하하"하고 웃었다. 처마 끝에서 꾀꼬리가 울다가면 나무로 날아가서 이가지 저가지로 옮겨 다니고 있었다. 두

사람은 대화를 그만두고 귀를 기울였으나 첫 노래에 실패한 목소리를 회복하는데 꽤나 시간이 걸리는 모양이다.

"어제는 산에서 겐베에(하인)를 만났어요."

"그래요?"

"나가라아씨(비련의 전설)의 오중탑을 보셨는지요?"

"예 봤지요."

"〈가을이 되면 억새꽃 이슬처럼 덧없이 가네(사랑 때문에)〉"라고 설명도 없이, 가락도 안부치고 가사(歌詞)만 단숨에 불렀다. 뭣 때문인지 알 수가 없다.

"그 단가는 찻집에서 들었어요."

"노파가 얘기하든가요. 그는 원래 우리 집에서 고용사리를 했는데……사실은 내가 출가……"라고 서두를 꺼내다가 이런 하고 내 얼굴을 쳐다보기에 나는 모르는척 했다.

"내가 아직 젊었을 때 였는데 그가 올 때마다 〈나가라〉 얘기를 들려 주곤 했지요. 단가(短歌)만은 외우기가 힘들었으나, 얘기 줄거리는 여러 번 듣는 동안에 마지막에는 달달 암송을 해버렸어요."

"그래서 어려운 사연을 잘도 알고 있구나 했지요-그러나 그 노래는 너무 슬픈 노래예요"

"애련(哀憐)한가요. 나 같으면 그런 노래는 읊지 않겠어요. 도대체 강소(江淵)에 투신을 하다니 시시하고 웃기는 얘기지요"

"정말 보잘 것 없는 짓이네요. 당신 같으면 어떻게 하지요?"

"어떻게 하다니, 문제없잖아요. 사사남(男)이든 사사베남(男)이든 간에 모두 남첩(男妾)으로 삼으면 어때요……"

"두 남자 양쪽다 말입니까?"

"그럼요."

"대단하세요."

"대단하기는, 당연한 것이지요"

"과연 그렇게 되면 모기의 나라, 벼룩의 나라에는 뛰어들 필요가 없지요"

"게 구멍 같은 답답한 걱정은 않아도 살 수 있지요" 꾀꼴 꾀꾀 꼴 하고 노래를 잊어버린 꾀꼬리가 원기를 되찾았는지 뜻하지 않게 높은 소리로 울었다. 한번 정통으로 울기 시작하더니 물구나무서기를 하더니 목구멍을 불룩거리며 작은 입을 찢어지도록 운다.

호-오호 꾀꼴 호-꾀꼴 꾀꼴꾀-꼴

하고 연달아 운다.

"저 소리가 진짜 노래 소리예요." 여인이 가르쳐 주었다.

五

"실례지만 손님은, 동경에서 오셨습니까?"

"동경으로 보이는가."

"보이느냐고요, 척 보면 – 첫째는 말씀만 들어도 알지요"

"동경이라면 어디쯤인지 짐작이 가는가?"

"글쎄올시다, 동경은 엄청 넓은 곳이라 –아무래두 시타마치 (下町, 서민가)는 아닌 것 같고. 야마테(山手, 고급주택가) 야 마노테는 코오지마치(麴町)인가요. 아니시면 고이시카와(小石 川)? 아니면 우시고메(牛込)나 요쓰야(四谷)겠지요"

"그래 그쯤으로 해두지, 정말 환히 잘 알고 있군."

"이래 뵈도 저도 에독코(江戶子, 동경내기)라니까요"

"어쩐지 멋있고 씩씩 하더라고"

"에헤헤헤. 아주 형편없어요, 인간이 이쯤 되면 바닥이지요."

"뭣 때문에 이 시골까지 흘러 왔나?"

"사실, 손님 말씀대로 흘러 들어 왔어요. 완전히 밥줄이 끊겨서……"

"첨부터 이발소 주인이었던가?"

"주인은 아니고 그냥 이발사 였지요. 위치는 칸다 마쓰나가초(神田松永町)였지요. 말도 마세요 고양이 이마빡 만하고 작고 더러운 거리였어요. 손님은 모르실 거예요. 거기에는 류간바시(龍閑橋)란 다리가 있어요. 네? 그것도 모르신다고요. 그 다리가 얼마나 유명한 다린데요."

"이봐요, 좀 더 비누를 많이 칠해줄 수 없겠나, 너무 아파서 힘들어"

"아프시다고요, 저는 원래가 성질이 나빠서 사카조리(逆剃, 역면도)로 밀어서 털 하나하나의 뿌리를 후벼 파내야 직성이 풀리지,-요즘 이발사는 깎는 게 아니라 쓰다듬고 어루만지다 끝났어요.-조금만 참으세요."

"이봐, 참는 건 아까부터 참았지. 부탁이야 따끈한 비누칠을 많이 해줘"

"아니 참을 수 없단 말씀이신지, 그다지 아프지 않을텐데. 대치로 수염이 너무 기네요."

마구 얼굴 피부를 잡아당겨 올린 손을 아쉬운 듯이 놓아주는 주인은, 선반에서 얄팍하고 빨간 비누조각을, 물에 잠깐 담구더니 그걸로 내 얼굴을 골고루 문지른다. 비누를 얼굴에 직접 비벼대는 수법은 처음 당하는 경험이다. 게다가 적시고 바르고 하는 물은 또 얼마나 지난 것인지 오싹한 기분이 든다.

　내가 이발소에 온 고객인 이상, 벽면에 있는 큰 거울과 대면하지 않을 수가 없다. 그러나 나는 아까부터 이 권리를 포기하려고 생각하고 있다. 원래 거울이란 도구는 평면이어서, 사람 얼굴을 평온하게 비춰주어야 의리가 있는 법이다.

　만약 이런 기능이 없는 거울을 걸어놓고 이것을 보라고 한다면, 서투른 사진사처럼 고객의 용모를 망치게 하는 것이다.

　허영심을 억제하는 것은 수양의 한 방편이지만, 내 자신의 얼굴을 진가 이하로 형편없이 비춰지게 해놓고 이게 당신 얼굴이라고 한다면, 그것은 확실히 나를 모욕하는 것이다. 내가 어쩔 수 없이 정면으로 대면하게 되어있는 이 큰 거울은 첨부터 나를 모욕하고 있다.

　오른쪽을 보면 얼굴 전체가 코로 덮여버린다. 왼쪽으로 돌리면 입이 귀밑까지 찢어진다. 천정을 볼라치면 두꺼비를 정면에서 보는 듯 납작하게 짓이겨져 버린다. 조금만 숙이면 후쿠로쿠쥬(福祿壽.七福神의하나)의 아이들처럼 머리통이 앞쪽으로 튀어나온다. 적어도 내가 이 거울을 대면하고 있는 동안은 여러 종류의 도깨비가 되어야 하는 역할을 겸해야 한다.

거울에 비치는 미술적 영상에 대해서는 참는다고 하자, 거울 그 자체의 구조라든지 색깔과 도료가 떨어져서 광선이 그냥 통과하는 것들을 종합하면 거의 폐물에 가까운 것이다. 여러 소인배로부터 욕설을 당할 때 그것은 그냥 넘어갈 수도 있지만 그런 소인배 앞에서 이발을 맡기는 것은 그 누군들 불유쾌한 것이다.

그리고 이 이발소 주인은 그냥 보통 주인이 아니다. 밖에서 들여다보면, 양반다리를 하고 긴 담뱃대를 물고 계속 담배 연기를 뿜어대면서 따분해 하는데, 내가 들어가서 머리를 맡기게 되자 놀라지 않을 수 없었다.

면도(面刀)를 하는 동안 머리의 소유권은 전적으로 이발소 주인의 것인지, 아니면 얼마간은 나에게도 있는 것인지 의심할 정도로 사정없이 거칠게 취급한다. 나의 머리가 어깨위에 고정되어 있다고 해도 이런 식으로는 오래 견디기는 힘들 것이다.

그는 면도칼을 쓰는 데 있어서 추호도 문명의 법칙을 해석 못하고 있다. 볼을 깎을 때는 으드득거리는 소리가 났다. 귀밑털을 밀 때는 스-윽 하고 동맥이 울었다. 턱 근처를 칼날이 번쩍할 때는 바드득 바드득 서릿발을 짓밟아 뭉개는 이상한 소리가 들렸다.

　그러고도 본인은 일본 제일의 기량을 가진 면도사로 자임한다.

　나중에 알고 보니 그는 취해 있었다. 손님하고 얘기를 걸 때마다 묘한 냄새가 났다. 때때로 이상한 가스를 내 얼굴에 내뿜었다. 이러다가는 면도칼이 어디로 날아갈지 알 수가 없다. 칼을 들고 면도를 하는 본인도 확실한 계획이 없는데, 얼굴을 빌려준 나로서는 어떤 사태가 벌어질지 추측할 도리가 없다. 서로 납득하고 맡긴 얼굴인 만큼 세세한 상처라면 참고 넘어가지만 숨통에라도 상처가 나면 중대한 사건이 벌어질 것이다.

　"비누를 바르고 면도하는 자는 서툰 것이며, 손님의 경우는 수염인지라 하는 수가 없어요."라고 하면서 주인은 맨 비누를 그냥 선반위로 던져 올린 것이 그대로 땅바닥에 떨어진다.

　"손님은 뵙지 못한 분인데 그러면 최근에 오셨나요?"

　"이삼일 밖에 안되지."

　"그러세요? 어디에 계세요?"

　"시호다에 머물고 있어."

　"실은 저도 그 영감님을 의지해 왔지요. 그 영감님이 동경에 계실 때, 제가 이웃에 있어서–그래서 잘 알지요. 좋은 분이세요. 도리를 잘 이해하시고. 작년에 마나님이 돌아 가셔서 요즘

은 주로 골동품을 만지고 계시는데-어쨌든 대단한 것이 있나
봐요. 처분하면 엄청 큰 금액이라는 소문 입니다요"

"근데 예쁜 따님이 있는 모양이던데?"

"위험해요."

"뭐가?"

"왜냐면……손님 앞에서는 좀……그는 소박데기예요."

"그런가?"

"애당초는 당당한 부자 댁이죠. 은행이 파산이 되자 호화생
활을 못한다고 되돌아 왔으니 도리가 아니지요. 영감님이 계
시는 동안이라도 만일 큰일이 생기면 이러지도 저러지도 못
하죠."

"그런가?"

"당연 하지요. 게다가 본가 오빠하고는 사이가 나쁘고"

"본가가 따로 있는가?"

"본가는 언덕위에 있지요. 경치가 좋은 곳이죠."

"이봐, 한 번 더 비누칠 해줄 수 없을까, 또 아프기 시작하
는데"

"잘도 아프는 턱수염이군요. 수염이 경직이 되서 그래요. 손
님은 삼일에 한번은 수염을 깎아야 해요. 내 면도가 아프다면
어디를 가나 견딜 수가 없지요."

"그렇다면 그렇게 하지. 아니면 매일 와도 좋지."

"그렇게 오래 계실라고요? 위험해요. 그만두세요. 득 될게 없어요. 쓸모없는 일에 걸려들어 어떤 봉변을 당할지 알기나 하세요?"

"그건 왜……?"

"손님, 그 애는 미인이기는 하지만 사실은 미치광이예요"

"어째서?"

"왜라니 손님. 마을사람들이 모두들 미치광이라고 말하고 있어요."

"그건 무슨 잘못된 소문일 것이야."

"증거가 있으니 제발 그만 두세요. 주의하지 않으면 위험해요"

"나는 상관 없어. 근데 무슨 증거가 있어?"

"이상한 얘기입니다요. 담배나 피우시면서 들어보세요.-머리 감으실까요?"

"아니 머리는 그만 두자고."

"비듬이나 터실까요?"

주인은 때가 낀 열손가락으로 나의 두개골을 가차 없이 긁기 시작한다. 이 손톱으로 머리카락 뿌리를 하나하나 헤치며, 불모의 땅을 거인의 갈퀴처럼 긁어 재낀다. 내 머리에 몇 10만 개의 머리카락이 있는지는 알 수 없으나 털이란 털은 모조리 뿌리 째 솟아올라 머리 피부는 지렁이처럼 붉게 부었고, 남은 여세를 몰아서 두개골을 흔들어서 거의 뇌진탕 상태로 해놓았다.

"어때요, 시원해서 기분 좋지요?"

"그래 탁월한 솜씨다."

"정말 이렇게 하면 누구든 시원하다고 좋아 하죠.""목이 빠지는 줄 알았다."

"그토록 뻐근하세요? 한 대 피우세요. 시호다(숙소)에 혼자 계시면 따분 하시지요. 가끔 얘기나 하러 나오세요. 에독꼬(동경내기)는 끼리끼리라야 얘기가 통하지요."

"아가씨가 어쩌고, 하는 대목에서 비듬은 눈보라처럼 날고 내 목덜미는 빠져나갈 뻔했지."

"틀림없어요, 그 중은 원래가 빈 깡통이라 도무지 흐리멍덩해서-그렇다가 결국 중은 기절초풍하고……"

"중? 그 중은 어디에 있는 중인데?"

"관해사(觀海寺)절에서 사무 보는 하급 중인데요……"

"절사무소나 주지나, 중 이라고는 아직 한 사람도 안왔어."

"그래요, 뭐든지 급히 설치면 안돼요. 야무진 호남이고 연애깨나 할 만한 중(僧)이였는데, 그자가 여인에게 반해서 드디어 편지(戀文)를 보냈어요. -아니 글쎄 가만있자.. 꼬셨다고 하던

가. 아냐 편지야. 편지가 틀림없어요. 그렇다면–이렇게–뭔가 경위가 좀 이상하네요. 아 그렇지.. 결국은 그자가 놀래자빠져서……"

"누가 놀랬다는 거야?"

"여자가요."

"여자가 편지를 받고 놀랬다는 말인가?"

"그런데 그걸로 놀라는 여자 같으면 귀엽기나 하지요, 눈도 깜짝 안했어요."

"그러면 누가 놀랬다는 것이야?"

"꼬셨던 쪽이지요."

"꼬셨던 일이 없다고 했잖아"

"어이구 답답해."

"그렇다면 역시 여자가 아닌가?"

"아무튼 남자가 말이예요. 예 그 중이 말씀이예요."

"그 중이 어째서 놀랬다는 거야?"

"어째서라니, 법당에서 큰스님이 염불을 하고 계시는데, 갑자기 뛰어들어 와서–어 허허허 미치광이지"

"어쨌다는 거야?"

"그렇게 내가 예쁘다면 부처님 앞에서 같이 자자고 하면서 태안승(修行僧)목털미를 물고 늘어졌다고 하나 봐요."

"그래서?"

"당황한 그 수행승은, 미친 여자에게 편지 한 장 보냈다가 모욕을 당하자 결국 야반도주를 해서 죽어버렸다고……"

"죽었다고?"

"그저 죽었다고 생각하는 거지요. 살아남지는 못했을 거예요."

"단정 할 수는 없지."

"그렇지, 상대가 미치광이라면 죽었다고 해서 체면이서는 것도 아니고, 어쩌면 살아있을지도 모르지요."

"정말 재미있는 얘기다."

"재미가 있고 없고 간에 온 마을이 웃음바다예요. 그런데 본인은 미쳐서인지 넉살좋게 태연하지요-손님은 더욱 태연하시니 걱정할 것은 없지만 혹시나 농담이나 조롱하다가는 큰 코 다치십니다요."

"그럼 조심 해야겠네 허허허"

뜨뜻 미지근한 해변에서, 연분을 머금은 봄바람이 두둥실 불어와서 주인집 노렌(暖簾.포럼)을, 졸리는 듯이 흔든다. 몸을 비스듬히 해서 그 밑을 날쌔게 빠져나가는 제비의 모습이 거울 속에서 지나간다.

건너편 집 앞에서는 60줄이나 된 노인이 처마 밑에 쪼그리고 앉아서 곁눈질도 안하고 조개를 까고 있다. 찰그락 작은 칼이 조개껍질을 긁을 때 마다, 붉은 조개 살을 소쿠리에 담는다. 조가비는 빠짝거리며 두자가량의 아지랑이를 가로지른다. 언덕처럼 쌓인 조가비는 굴 껍질이냐(가키, 餓鬼로빗댐) 바보조가비냐 긴맛 조가비냐. 그 언덕도 한쪽 일부는 모래개울 쪽으로 무너져, 덧없는 속세에서 어두운 저승으로 매장되어 간다. 매장된 다음에는 곧 새로운 조개비가 버드나무 아래로 모여든다. 노인은 조개의 행방을 생각할 짬도 없이, 오로지 허망한 조가비를 아지랑이 쪽으로 내던진다. 그의 소쿠리는 아무것도 담겨지지 않은 채, 노인의 봄날은 한없이 한가롭다.

모래 개울은 채 두칸(二間, 약 5m)이 안되는 작은 다리 밑을 흘러서 바다로〈봄의 물〉을 대준다. 〈봄의 물〉이 〈봄 바다〉와 서로 만나는 근처에는, 말리는 어망사이로 부는 비린 바람은 마을에 얼마나 온정을 보내줄 것인지 의심스럽다. 그 사이에서 둔한 칼을 녹여서 느긋하게 꿈틀 거리게 한 것이 바다의 색조다.

이 경치와 이발소(理髮所)주인하고는 도저히 조화가 어렵다. 만약 이주인의 인격이 강렬해서 사방풍광과 길항(拮抗)하는 정도의 영향을 나의 두뇌에 주었다고 하면, 나는 양자의 중간에서 원전각혈(圓栓角穴.둥근 병마개와 각진 구멍)의 관계를 느낄 것이다. 다행하게도 주인은 그다지 위대한 호걸은 아니었다. 제아무리 에톡코(동경내기)라 뻐기고 제아무리 배장을 부려도, 이 혼연하고 유장한 천지의 대 기상에는 감히 당할 수 없을 것이다. 온갖 요설 수다를 다 떨고 어떻게 해서라도 당당한 분의기를 깨보려는 주인은, 일찌감치 보잘것 없는 먼지 쓰레기가 되어 온화한 춘광 뒤쪽에서 떠다니고 있을 것이다.

모순(矛盾)이란, 힘으로 하거나 량으로 하거나 아니면 의기와 체구로 하여도 결국 조화와 양립이 불가능한 인간관계에서 볼 수 있는 현상이다. 양자의 간격이 현격하게 떨어질 때는, 모순은 그 격차가 점차 소멸되어 오히려 대 세력에 일부 편승해서 활동을 시작할지도 모른다.

덕망 높은 어른의 수족은 재사가 활동하고, 재사의 수족은 우둔한 사람이 활동하고, 우둔한자의 심복은 우마(牛馬)가 활동하는 것은 이런 작용이 있기 때문이다.

지금 내가 친애하는 주인은, 끝없는 봄 경치를 배경으로 해서 일종의 익살(滑稽)을 연출하고 있다. 한가한 봄의 정취를 깨트리는 그가 오히려 한가한 봄 기분을 도와주고 있다.

나는 무심코 4월에 태평한 익살꾼과 친해진 것 같다. 이 값싼 다변가는 태평한 봄날과 가장 잘 어울리는 색채인 것 같다.

이렇게 생각하니 이 주인도 제법 그림도 되고 시도 되는 남

자인 만큼 벌써 돌아가야 하는데도, 일부러 주저앉아 잡담을
하고 있었다.

이때 마침 노렌(포렴천)을 밀고 들어온 어린 중이

"미안합니다. 밀어 주시겠어요?"

하며 들어선다. 흰 무명옷에 같은 허리띠를 하고, 위에서 모
기장 같은 거친 법의를 입은 속편한 어린 중이었다.

"지난번에는 딴 짓 하다가 큰스님에게 야단 맞았지?"

"아니야 칭찬 받았는걸요."

"심부름 시켰더니 고기나 잡고 놀고 왔다고 칭찬하시든가?"

"어린 요염이 잘 놀고 와서 심통하다시며 큰스님께서 칭찬
하셨어요."

"그래서 머리에 혹이 생겼구만. 이런 버릇없는 머리는 깎기
힘들지.

오늘은 해주는데 다음부터는 골고루 주물러서 가져와"

"주물럭거리는 것 보다 잘 깎는 이발소에 가겠어요.""허허허
머리는 울퉁불퉁해도 말솜씨는 청산유수라니까""이발 솜씨는
둔해도 술이 센 사람은 누구시더라"

"터무니없는 이 바보야, 솜씨가 둔하다고……"

"내가 말하는게 아니라. 노스님이 하시는 말씀이예요. 화낼
이유가 없다니까요. 나이 값도 못하고"

"참 재미도 없어-그런데요, 손님"

"왜?"

"대체로 중들이란. 높다란 석축단 위에서 살면서 걱정거리가 없으니 자연 수다쟁이가 되는 모양인가. 이따위 꼬마 중까지 큰소리를 치니-가만, 좀 더 머리를 눕혀야지-말 안 들으면 자를 거야 알았어, 피가 난다니까"

"아파요, 거칠게 하면……"

"이 정도를 참지 못하면 중이 될 수 없지"

"중이 된지는 벌써 오래됐어요."

"제 몫은 아직 멀었어,-어쩌다가 태안스님이 죽었을까, 애기중아"

"태안스님은 죽지 않았어요."

"안죽었다니? 이상하다. 죽었을텐데"

"태안스님은 그 후에 발분하여 대매사(大梅寺)에서 수행삼매, 장차 큰 지식스님이 되실 겁니다. 잘 되셨지요"

"뭣이 잘 되었다는 거야. 아무리 중이라도 야반 도주가 말이라고 해. 넌 조심해야 혀. 아무튼 여인은-그 미친 여자는 요즘도 큰스님 처소에 오는가?"

"미친 여자는 들은 바가 없어요."

"말이 통하지 않네……오느냐, 안 오느냐 말이다"

"미친 여인은 모르지만 시호다 아가씨는 다녀가시죠."

"아무리 큰스님의 기도라 할지라도 그것만은 고칠 수 없지. 전적으로 남편의 불찰이여"

"그 아가씨는 훌륭한 여성이예요. 큰스님이 항상 칭찬하셔요."

"절 앞에만 가면 모든게 거꾸로 되니 당할 수가 있나.-자 다 깎았어. 빨리 가서 큰 스님 꾸중이나 실컷 들어."

"아니 좀 더 놀다 갈래요, 그래야 칭찬 듣지."

"맘대로 해, 주둥이를 닫지 못하는 아귀(餓鬼)놈아"

"트집쟁이 똥 주걱"

"뭣이 어째?"

파란머리 까까중은 벌써 노렌(가계천)을 빠져나가서 봄바람 속을 굴러가고 있었다.

六

저녁즈음에 책상을 마주한다. 쇼지(障子)고 후수마(襖)고 있는 대로 열었다. 여관에는 사람이 별로 없는데, 건물은 제법 넓다.

내가 쓰고 있는 거실은, 몇 구비나 되는 긴 복도가 떨어져 있어서 여간한 소리는 사색하는데 아무런 지장이 없다. 오늘따라 한결 조용하다. 이집 주인도 아가씨도 하녀도 하인도, 어느새나 혼자만 남겨두고 다 떠나가 버린 것 같은 생각이 든다.

떠나갔다고 하면 그냥 그렇고 그런 곳으로 갈 사람들이 아니다. 〈안개의 나라〉이거나 〈구름의 나라〉일 것이다.

아니면 구름과 물이 자연스럽게 다가와서 키(舵)를 잡는 것도 나른한 바다 위를 언제 흘어 왔는지도 모르는 동안에, 하얀 돛대가 구름인지 물인지 분간을 할 수 없는 경계로 표류해 와서 끝내는 돛 스스로가, 어디에서 나 자신을 구름과 물에서 차별해야 할지를 고민하는 곳으로-그런 아득한 곳으로 떠나갔다고 생각한다.

그렇지 않으면 홀연히 이 봄날을 두고 세상을 떠나서, 건전한 신체가 지금은 눈으로 볼 수 없는 영기(靈氣)가 되어 광대한 이 천지사이로 흔적도 없이 떠돌아 다닌다는 말인가.

아니면 종달새가 되어 샛노란 유채꽃이 바래질 때까지 울다가 지쳐서 보라색 저녁 노을을 찾아 갔을지도 모른다.

또 한 해가 길고 긴 날을 더욱 연장 시키고자 하는 등에(蝱) 역할을 끝내고, 꽃술에 고이는 달콤한 이슬을 얻어 먹지도 못하고, 땅에 떨어진 동백꽃을 이불삼아 단잠을 즐기고 있는지도 모를 일이다. 여하간 조용하기 그지없다.

아무도 없는 공허한 집을 그저 공허하게 빠져나가는 봄바람은, 애타게 기다리던 사람에게는 의리가 없어 보이기도 한다. 거부하는 자에게는 빈정거림도 아니다. 스스로 찾아와서 스스로 사라진다. 공평한 우주의 큰 뜻이다. 턱을 고이고 있는 나의 마음도 내가 쓰고 있는 거실처럼 공허하다면 초대하지 못한 봄바람은 사양하지 않고 그냥 지나갈 것이다.

밟는 곳이 땅이라 생각하니 혹시 꺼질지도 모른다고 걱정할 수도 있을 것이며, 떠받치고 있는 것이 하늘이라 벼락이 쳐서 관자놀이를 흔들지도 모를 일이다.

남들과 다투지 않으면 살기가 힘든 덧없는 세상이라 사바의 세계(火宅)는 피할 수 없다. 동서가 있는 이천지에 살면서 이해가 걸린 밧줄을 타고 건너야 할 자신은, 사실이지 사랑(戀)은 원수(讐)이다.

눈앞에 보이는 부(富)는 흙(土)이다. 장악하는 명성과 탈취하는 명예는, 꿀(蜜)을 탐욕해서 침(針)을 버리는 간교한 벌(蜂)과 다를 것이 없다. 이른바 향락이라는 것도 결국은 물질에 집착 하는데서 유래하는 것이라 온갖 고뇌가 포함되어 있다. 단지 이 세상에는 시인과 화가가 살고 있어서, 어디까지나 상대세계(相對世界)의 정화(精華)를 위하여 철두철미(徹頭徹尾) 청정(清淨)을 희구한다.

안개(霞)를 먹고 이슬(露)을 마시고 품격과 선악과 가치를 가리며, 비록 죽음을 만날지라도 후회하지 않을 것이다. 그들의 희락은 결코 물질에 귀착하는 것은 아니다. 동화(同化)해서 그 물질 자체가 되어 버린다는 것이다. 그 물질이 되고 나면, 우리들이 수립할 여지는 망망한 대지를 끝까지 가도 찾을 수 없을 것이다. 속세의 오염된 일신(泥團)을 홀홀 털어버리고 찢어진 삿갓(破笠)을 쓴 나그네 모습으로 신록의 상쾌한 바람(青

嵐)을 쏘이는 것도 시원할 것이다.

함부로 이런 경우를 모방하는 것은, 금욕에 눈이 먼 속물들을 위협하여 상대적으로 기품을 과시하려는 위선자들이다.

단지 참선(參禪)으로 번뇌를 해결한다는 설교로 중생을 모으는 것이다. 사실대로 말하자면 시경(詩境)이라든지 화계(畵界)라 할지라도 각자 사람마다 가야할 길은 준비가 되어있을 것이다.

세월을 허송하고 백발을 고뇌하는 사람들도, 파란만장한 일생을 순차적으로 경력의 파동을 점검해 보면, 세속에 젖어 꺼림칙한 기억속에서도 한 가닥 광명의 희열은 있을 것이다.

그것도 못하면 사는 보람이 없는 사나이다.

그러나 한 가지 사물(事物)에만 집착하는 것은 시인의 감흥이라고 할 수 없다. 어떤 때는 한 송이 꽃이 되기도 하고, 어떤 때는 한 쌍의 나비가 되기도 하고, 또 어떤 때는 워드워즈(Wordsworth, 1770~1850)처럼 한 무리의 수선화가 되어 풍요로운 바람이 이는 마음의 꽃밭에 요란하게 피게 할 수도 있으나 나를 싸고 있는 주위사방의 풍광에 넋을 잃고 있었는데, 내 마음을 뺏어간 정체(正體)가 무엇인가를 명료하게 의식할 필요가 있다.

어떤 이는 천지의 찬연한 대기(大氣)에 저촉한다고 할 것이다. 어떤 이는 현줄(絃)이 없는 거문고 소리를 영혼대(靈臺)서 듣는다고 할 것이다. 또 어떤 이는 원래가 난해(難解)한 것이라 무한 세계를 주춤거리며(儱個), 어렴풋한 세상을 방황하는 모습이라고 할 것이다. 아무튼 뭐라고 하든간에 그것은 그 사람들의 자유이다.

내가 흑단 탁자 앞에서 넋을 잃고 멍하니 앉아 있는 심리상태는 바로 이런 것 때문이 아닐까 생각한다.

나는 확실히 아무런 생각을 하지 않고 있다. 또한 확실히 아무것도 보고 있지 않다. 내 의식의 무대(舞臺)에는 선명한 색채를 가지고 움직이는 것이 없으니, 나는 어떠한 사물에도 동화 했다고 할 수가 없다. 그런데 나는 움직이고 있다. 세상의 안쪽과 바깥쪽에서 움직이지 않고 있으나, 그냥 어떤지 모르게 움직이고 있다. 꽃 때문에 움직이는 것도 아니며 새들 때문에 움직이는 것도 아니며 인간에 대해서 움직이는 것도 아닌데 다만 황홀하게 움직이고 있다.

구태여 설명을 하라고 하면 나의 마음은 단지 봄과 더불어 움직이고 있다고 말하고 싶다. 모든 봄의 색채, 봄바람, 봄의 선물들, 봄의 소리들을 모조리 합쳐서 선단(仙丹,不老不死의靈藥)으로 반죽해서, 그것을 봉래(蓬萊)의 영액(靈液)에 풀어 녹여서, 도원(桃源)의 햇빛으로 증발한 정기(精氣)가, 무의식간에 모공으로 스며들어 몸 안에서 포화(飽和)상태가 되었다고 말하고 싶다.

보통 동화(同化)에는 자극이 있다. 자극이 있으므로 해서 유쾌한 것이다. 그러나 나의 동화에는 무엇하고 동화를 했는지 분명하지 않아 전혀 자극이 없다. 자극이 없으니 요연하여 뭐라고 형언할 수가 없는 즐거움이 있다. 바람에 이리저리 밀려서 산만한 물결을 일으킨다. 경박하고 소란한 것과는 분위기가 다르다. 눈으로는 보이지 않는 몇 길이나 되는 해저(海底)로 대륙에서 대륙으로 파도치는 항양(澒洋)한 창해(蒼海)같은 상태라고 형용할 수 있다. 단지 그다지 활력이 왕성하지 못한 것뿐 그러나 거기에는 오히려 행복이 있다.

위대한 활력의 발현은, 그 활력이 언젠가 소진(消盡)될 것이라는 우려를 내포하고 있다. 평상심을 가진 자세에서는 그러한 걱정은 없다. 평상보다는 담백(淡白)한 내 심정의 지금상태는, 나의 활력의 격렬한 소모에 대해서는 우려할 필요가 없을 뿐만 아니라, 평상심으로 가(可)도 없고 불가(不可)도 없는 범경(凡境)을 벗어나고 있다.

담백함이란 안이하게 붙잡을 수 없다는 뜻이지 결코 허약하다는 것은 아니다. 온건한 기분(沖融)과 차분한 안정감(澹蕩)이라는 시어(詩語)는 이 경지를 절실하게 표현하고 있다.

이러한 경지를 그림으로 구성해 보면 어떨까하고 생각해 본다. 그러나 보통 그림으로는 어림도 없는 생각이다.

우리들이 흔히 그림이라고 하는 것은 단지 눈앞에 있는 사람들이나 풍광(風光)을 있는 그대로의 모습을 또한, 그것을 자기의 심미안(審美眼)을 여과해서 화견(畫絹)에 옮겨놓은 것이다.

꽃은 꽃처럼 물은 물처럼 사람은 사람처럼 사실적으로 그려내면 그만이다. 만약 여기서 한 단계 넘어서면, 내가 느낀 물상(物象)을 내가 느낀 분위기나 풍정(風情)을 화포(畫布)에 옮길 수 있다면 단연 사물이 생동(筆勢生動)할 것이다.

화가들은, 삼라만상(森羅萬象)에서 포착(捕捉)한 의미심장(意味深長)한 주제(主題)를 그들 나름대로 보고 느낀 물상관(物象觀)을 독특한 필치로 세차게 내뿜은 것이 아니면 작품이라고 할 수 없다.

나는 이러이러한 사물을, 여차여차하게 보고, 이러이러하게 느끼고, 그 보는 시각도 느낌의 성질도 선인의 방법을 모방(模倣)하고, 고래의 전설을 답습하고 지배 받은 것도 아니고, 게다가 가장 정직하고 가장 아름다운 것이라고 주장할 수 있는 작품이 아니라면 자기 작품이라고 감히 말하지 말라.

이 두 가지의 화가가 그림을 제작 할 때 주객(主客)과 심천(深淺)의 구별은 있을 수 있겠으나 명료한 외계(外界)와 대상

(對象)의 자극을 기다렸다가 비로소 작업을 시작하는 것은 둘이 다 동일한 것이다.

그러나 내가 그리고자 하는 주제는 그다지 분명한 것은 아니다. 있는 감각을 다해서 탐구하였으나 심상세계(心象世界)밖에서는, 방원(方圓)의 형, 홍록의 색은 물론, 농담의 그림자, 선의 굵기(洪織)조차 생각이 떠오르지 않는다.

나의 느낌으로서는 외부에서 온 것은 아니다. 설사 왔다고 하여도 그것은 내 시계(視界)에 들어온 일정한 풍물이 아닌 만큼, 그것이 원인이라고 남에게 지적할 수도 없다. 존재하는 것은 오로지 나의 심상(心象)이 있을 뿐이다. 이 심상을 어떻게 표현해야 회화(繪畫)가 될 수 있을까-아니 이 심상을 어떤 구체적인 표현 방법으로 그려야 감상자가 납득하고 생생한 인상을 얻을 수 있을까가 문제이다.

보통의 그림은 느낌이 없어도 대상물만 있으면 가능한 것이다. 제2의 그림은 대상과 느낌이 양립해야 가능하다.

제3의 그림은 있는 것이라고는 단지 심상이 있을 뿐이다. 작품으로 만들기 위해서는 반듯이 이 심상에 걸맞는 대상을 선택해야한다.

그러나 이러한 대상은 쉽게 찾을 수 있는 것은 아니다. 설사 있다고 해도 간단하게 정리가 안된다. 정리가 되어도 자연계에

존재하는 대상과는 전혀 느낌이 다른 경우가 많다. 따라서 보통사람이 보면 이런 그림은 그림으로서 느낄 수가 없다.

그림을 그린 본인도 자연의 국부가 재현 되었다고 인정하지 않는다. 다만 감흥이 솟아나는 당시의 심상을 일부라도 전달하고, 생명의 무드를 나눌 수가 있다면 그것만으로도 대성공이다.

고래로부터 이 어려운 화업(畫業)에 실적을 발휘한 화가가 있었는지 알지 못한다. 어느 정도까지 이런 유파를 열거하자면 송대(宋代) 죽(竹)의 명수 문여가(文與可)를 들 수 있다. 운곡(雲谷,桃山時代 日本畫家)문하들의 산수화가 그러하고, 년대가 내려와서는 다이가도(池大雅, 江戶의南畫家)의 풍경화를 들 수 있고, 부손(與謝蕪村,南畫大家)의 인물화가 있다. 서양의 화가를 두고 말하자면 대체로 눈을 구상세계(具象世界)로 돌리고, 기품 있는 경지와는 관심이 없는 자가 대다수인 만큼, 이런 종류의 작품 중에서 신운(神韻)이 감도는 예술품을 전해주는 화가는 과연 몇 사람이나 있을까?

셋슈(雪舟,室町時代의 水墨畫家)와 부손(蕪村)은, 그들이 노력해서 묘출(描出)한 일종의 기운(氣韻)은 너무나 단순하고 변화가 결핍되어 있었다. 필력으로서는 이런 대가를 도저히 따를 수는 없으나, 지금 내가 그림으로 표현하고자 하는 심상은 좀 더 복잡한 것이다. 복잡한 만큼 한 장 속에 그 심상과 느낌을 전부 담아낼 수는 없다.

턱을 괴이고 양팔을 탁자위에 끼고 생각하였으나 여전히 떠오르지 않는다. 색채, 형태, 화조(畵調)가 이뤄지고 자기의 심상이 바로 여기 있었구나 하고 순식 간에 자기를 확인하고 그리지 않으면 안 될 것이다. 생이별을 한 자식을 찾기 위해 온 나라를 찾아 헤매고, 오매불망 잊지 못하고 눈물로 지새운 어느 날, 사거리에서 어쩌다 마주친 자식처럼, 앗 바로 이거야 여기 있었구나 하며 생각하고 그려야한다. 이처럼 장단(長短)이 맞으면 누가 뭐라고 한들 상관이 없다.

이건 그림이 아니라고 욕을 먹는 한이 있어도 원한은 없다. 적어도 색채의 배합이 나의 심상(心象)을 어느 정도 표현하고 있고, 선의 곡직(曲直)이 기운생동(氣韻生動)하고, 전체의 구도배치(構圖配置)가 내가 품었던 풍운(風韻)과 아취(雅趣)가 전달이 된다면, 그려져 있는 형태가 소(牛)든 말(馬)이든 아니면 소도 아니고 말도 아닌 그 아무것도 아닌 것이라 할지라도 상관이 없다. 상관이 있고 없고 간에 어쩔 도리가 없다. 화첩을 탁자위에 놓고 양 눈이 화첩에 몰입할 때까지 노력했으나 작품을 건져내지 못했다.

연필을 놓고 생각한다. 이러한 추상적(抽象的)인 흥취를 그림으로 표현하려고 한 것이 오산이다. 인간이란 별반 다를 것이 없는 만큼, 많은 사람 중에는 반듯이 나와 같은 흥취를 느낀 이가 있었고, 그 감흥을 무슨 수단으로든 영구화(永久化)하려고 시도한 것은 틀림없을 것이다. 시도했다면 그 수단은 무엇이었을까.

갑자기 음악(音樂)이란 두 글자가 뻔쩍하고 눈에 비친다. 과연 음악이란 이러한 때 이러한 필요에 의해서 생겨난 자연의 소리일 것이다.

음악은 들어야하는 것 배워야하는 것이라고 비로소 생각이 미쳤으나 유감스럽게도 그러한 영역의 내용에 대해서는 사정이 어둡다.

다음은 시(詩)로서는 어떨까하고 제3의 영역으로 들어가 본다.

레싱(Lessing, 독일극작가, 미학론)은 시간의 경과를 조건으로 해서 일어나는 사건을 시의 본질처럼 논하면서, 시화(詩畵)는 동일한 것이 아니며(不一) 두가지 해석이 가능하다(兩樣)고 한다. 시를 그렇게 본다면 내가 지금 초조하게 발표하려고 하는 경계(境界)도 도저히 쓸모가 있을 것 같지 않다. 내가 기쁘게 느끼는 심중은 시간은 있을지도 모르나 시간의 흐름에 따라서 순차적으로 전개되는 사건의 내용은 없다.

하나가 떠나면 둘이 오고, 둘이 깨지면 셋이 태어나기 때문에 기쁜 것은 아니다. 처음부터 깊숙하고 그윽한 곳을 포착하고 놓지 않는(把住) 느낌이 기쁜 것이다. 기왕에 이곳에 파주하는 이상 어차피 이것을 보통 언어로 번역해 봤자 반듯이 시간적으로 재료를 안배할 필요가 없을 것이다. 결국 회화(繪畫)와 같이 공간적으로 풍물의 배치만으로도 가능한 것이다.

단지 어떠한 풍경을 시중(詩中)으로 가져와서, 이 망막한 의지할 곳 없는 상황을 어떻게 묘사 할 것이냐가 문제이며 벌써 이것을 붙잡은 이상 레싱의 설에 따르지 않아도 시로서 성공한 것이 된다.

호머(Homer, 그리스 詩人)가 어떻고 버질(Virgir, 古代 로마 詩人) 이 어떻게 하든 간에 관계가 없다. 만약 시가 일종의 무드를 표현하는데 적당하다고 하면, 이 무드는 시간의 제한을 받고 순차적으로 진척하는 사건의 도움이 없이도, 단순한 공간적인 회화의 요건을 충족하기만 하면 언어로서 묘사할 수 있다고 생각한다.

논의는 아무래도 좋다. 라오콘(Laokoon, 美學論)은 대체로 잊어버렸지만 잘 정독하면 이쪽이 이상해질 지도 모를 일이다. 아무튼 그림은 실패했으니 그것을 시로 표현하고자 화첩위에 연필을 누르고 몸을 앞뒤로 뒤흔들어 본다. 한참 동안은 연필

끝 뾰족한 부분을 어떻게든 운동을 시켜볼 양으로 하였으나 미동도 하지 않았다. 갑자기 친구의 이름을 잊고 목구멍에 걸려서 나올 듯 하면서 안나오는 경우와 흡사하다. 여기서 단념하면 기억하지 못한 이름은 뱃속으로 후퇴하고 만다.

갈분(葛粉)암죽을 갤 때 처음에는 묽어서 젓가락으로 저어도 닿는 느낌이 없다. 그것을 다시 참고 저어주면 점차로 찰기가 생기고, 그래도 쉬지않고 계속 젓다보면 결국 암죽이 젓가락에 부착하게 된다.

시(詩)를 지을 때는 바로 이때다.

靑春二三月. 愁隨芳草長. 閑花落空庭.
素琴橫虛堂. 蠨蛸掛不動. 篆煙繞竹梁。

봄은 한창인데, 새 풀이 자라니 수심도 깊어지네. 꽃들은 소리 없이 빈 뜰에서 지고, 거문고는 빈방에 가로놓여있네. 거미는 둥지에서 잠을 자고, 전서처럼 꼬부랑한 향연은 추녀 끝에서 맴도네.

다시 읽어보니 모두가 그림이 될성부른 구절 뿐이다. 차라리 첨부터 그림으로 하는 것이 좋았을 것이라고 생각한다. 왜냐하면 회화 보다는 시를 노래하는 것이 쉬웠다고 생각한다. 어차피 떠난 길이라 다음 것은 힘들지 않게 나올 것 같다.

그러나 그림에서 표현할 수 없는 시정(詩情)을 노래하고 싶다. 고민한 끝에

獨坐無隻語. 方寸認微光. 人間徒多事. 此境孰可忘.
會得一日靜. 正知百年忙. 遐懷寄何處. 緬邈白雲鄕.

조용한 세계서 혼자 앉아 있으니, 마음 속에서 미광을 느끼네. 인간세상은 번잡
도하나, 한적한 경지는 잊을 수 없네. 어쩌다가 한가한날을 만나면, 인생이 얼마
나 분망한가를 안다. 이 멀고먼 상념을 어디에 보내 야할까, 오로지 유구한 천공
이 고향이든가……

라고 적었다. 한 번 더 처음부터 읽어보니 조금은 재미있다
고 느꼈으나 아무래도 시작(詩作)전의 나의 심경을 표현한 것
으로는 삭막하고 아취가 없다. 내친김에 한수 더할까 하고 연
필을 잡은 채 입구 쪽을 힐끗 보니, 후수마를 활짝 열어둔 석자
(三尺)공간을 아름다운 그림자가 지나간다. 어, 누구였지.

내가 눈을 돌려 입구를 볼 때는 아름다운 것은 벌써 반은 후
수마뒤에 가려져 있었다. 그리고 그 그림자는 내가 발견하기
전부터 움직이고 있은 듯, 퍼뜩 생각할 동안에 지나가 버린다.
나는 시작을 그만두고 입구를 지켜본다.

일분이 지났을까? 그 그림자는 반대쪽에서 역으로 나타났
다. 후리소테(振袖,키모노.)모습으로 늘씬한 여인이 소리도 없
이 어엿이 걸어간다. 나는 무의식중에 연필을 떨어트리고 큰
한숨을 쉬었다.

하나쿠모리(花曇.흐린하늘)의 하늘, 점점 비를 기다리는 저
녁 무렵의 난간을, 얌전하게 갔다가 얌전하게 돌아오는 후리소

테의 그림자는 내 거실에서 안뜰을 사이에 두고 쓸쓸하게 보였다가 숨었다가 한다.

여인은 처음부터 말이 없었다. 곁눈질도 않는다. 마루를 쓰는 옷자락 소리까지 자기도 모르게 조용히 걷고 있다. 허리춤 아래서 활짝 색채가 황홀하다. 자락무늬는 무엇으로 염색했는지 멀어서 알 수가 없다.

다만 무지(無地)에서 무늬로 넘어가는 부분을 자연스럽게 희미하게 선염(渲染)해서 밤과 낮의 경계와 같은 느낌이 든다. 여인은 처음부터 밤과 낮의 경계를 걷고 있다.

그 길다란 후리소테를 입고 긴 복도를 몇 번 이나 오고갈 참인가, 나로서는 알 수가 없다. 도대체 언제부터 불가사의한 옷을 입고, 불가사의한 걸음걸이를 계속하고 있는지 나로서는 알 도리가 없다.

그 주안점이 무엇인지는 더더욱 알 수가 없다. 처음부터 이해할 수 없는 거동을, 그토록 단정하게 그토록 정숙(靜肅)하게 그토록 거듭 반복하는 사람의 모습, 거실입구에 나타나서는 사라지고 사라졌다가는 다시 나타날 때의 나의 느낌은 일종의 괴이함 이었다.

가는 봄에 한이 맺혀서 호소하는 행동이라면 어찌하여 이다지도 무관심한가. 무관심한 거동이라면 무엇 때문에 아름다운 성장(盛裝)을 하는 것일까.

해질 무렵의 춘색은 요염하고도 아름다우며, 한참동안은 어둑어둑하고 희미한 출입구는 환상적인 색채가 감도는 속으로, 눈부시게 화려한 허리띠는 금란단자(金襴緞子,금실로 짠 비단)인가.

갔다가는 뒤돌아오는 산뜻한 성장(盛裝)은 창연한 저녁 어둠에 싸여 쓸쓸한 이편에서 아득한 저편으로 일분을 사이에 두고 사라진다.

찬란하게 빛나는 봄 하늘의 성군(星群)들은, 동틀 무렵에는 짙은 보라색의 하늘의 깊은 소(深淵)에 빠져버리는 정취를 느낀다.

궁정의 문은 저절로 열려서 이 화려한 성장을 대지의 밑바닥, 암흑의 세계, 명토(冥土)로 빨려 들어가려고 할 때 나는 이렇게 느낀다.

금병풍을 배경으로 하고 은촛대를 앞에 차려놓고 일각이 천금 같은 봄날의 저녁을 축제처럼 법석거리고 놀아야 할 이 성장을, 싫어할 경치도 없고 다투는 기색도 없으며, 현실세계에서 조용히 사라져 가는 것은 어떤 시각에서는 초자연적인 정경이라 할 수 있다.

시시각각 다가오는 검은 음영(陰影)을 살펴보는 여인은, 숙연하게 서두르는 기색도 당황하는 모습도 없이 그저 같은 보조로 같은 장소를 서성거리고 있는 듯하다. 자기 자신에게 쏟아지는 재난을 모른다고 하면 순진하기 짝이 없다. 알면서도 재난이라고 느끼지 않는다면 그것은 대단한 것이다. 검고 어두운 건물이 원래 살던 집이고, 한동안의 환영을 옛날 그대로의 어두컴컴한 분위기에서 재현하는 만큼, 그와 같이 정숙한 태도로 유와무의 경계를 소요하고 있는 것이다.

여인이 입은 후리소데의 화려한 문양은 보이지 않고 별수 없이 먹물 같은 암흑 속으로 흘러들어 그녀의 천성을 넌지시 암시한다.

또한 이렇게도 생각해본다. 아름다운 사람이 아름다운 잠에 빠져 그 잠에서 깨나지도 못한 채 환각(幻覺)상태 그대로 이 세상에서 숨을 거둘 때, 베갯머리에서 간호하는 사람들의 마음은 얼마나 측은할까.

한 평생 고생에 고생만 거듭한 끝에 죽는다면 사는 값어치도 못한 본인은 물론이고 가까운 친지들도 오히려 자비(慈悲)라고 단념할지도 모를 일이다.

그러나 새근새근 잘 자는 어린이가 죽어야 하는 무슨 과실이 있단 말인가. 잠을 자면서 저승으로 끌려 간다는 것은 죽을 생각도 없는데 속임수로 아까운 생명을 뺏는 것이나 마찬가지다.

어차피 죽일 것이라면 피할 수 없는 정업(定業,저생에서 정해진 이승에서의 업보. 운명)이라고 납득도 하고 단념도 해서 염불이라도 올리고 싶다. 아직은 죽을 만한 조건이 아닌데 죽음의 사실만 확인 할 때, 나무아미타불과 회향(回向, 명복)하는 목소리를 낼 정도라면, 이봐요 이봐요 하고 크게 외쳐서 반쯤은 저승에 발을 집어넣은 그들을 무리를 해서라도 붙잡아 드리고 싶다.

가면 상태에서 어느새 본의 아니게 영면(永眠)으로 넘어가는 본인에게 소리쳐서 되돌아오게 하는 것은 끊어져 가는 번뇌의 밧줄을 잡아 주는 것 같아 오히려 고통을 주는 일이 될지도 모른다.

자비를 주려거든 제발 부르지 마라, 평온하게 잠자게 해 달라고 생각할지도 모른다. 그러나 우리는 불러서 되돌아 오게 하고 싶다. 나는 또다시 그녀의 모습이 거실입구에 나타나기만 하면 큰소리로 불러서 몽환(夢幻)상태에서 구출해 주려고 마음먹었다.

그러나 꿈속처럼 석자 폭의 복도를 공기처럼 빠져 나가는 그림자를 보면서도 어쩐지 입이 떨어지질 않는다. 이번에는 틀림없이 하고 마음을 가다듬는 사이에 바람처럼 지나가 버린다. 왜 말을 걸지 못하나 생각하는 찰나에 그녀는 또 지나간다. 이

곳에는 염려하는 사람이 있으며, 그분은 자기를 위하여 안절부절 하고 있는데 티끌만큼도 관심이 없는 듯이 지나간다. 귀찮다는 것인지 딱하다는 것인지 처음부터 나의 존재에 대해서는 관심이 없는 듯이 지나간다. 이번에는 이번에는 하다가 결국은 촉촉한 비가 쏟아지자 그녀의 모습이며 그림자도 쓸쓸하게 사라져 버렸다.

七

　춥다. 수건을 들고 온천탕으로 내려간다.

　경의실에서 옷을 벗고 계단을 네 개 내려서면 8조(疊, 네평) 넓이의 욕탕으로 들어선다. 암석이 풍부한 고장인지 밑바닥은 미카게(御影, 양질의 화강암)로 깔려 있었다. 중앙을 넉자 깊이로 파내서 욕조(湯槽)를 깔았다. 욕조라고는 하지만 돌로 만들어져 있다. 광천(鑛泉)이란 이름이 붙어있는 이상 여러가지 성분을 함유하고 있겠으나 우선 색깔이 투명해서 기분이 좋다.

　가끔은 입에 머금기도 해보는데 특별한 맛이나 냄새도 없다. 질병에 효험이 있다고는 하나 물어본 일이 없어 무슨 병에 좋은지 알 수가 없다. 아무튼 실용적인 가치는 별로 생각한 일이 없었다. 다만 탕에 들어갈 때 마다 생각나는 것은 백낙천(白樂

天)의 온천수활세응지(溫泉水滑洗凝脂,온천수는 매끄럽고 기름때를 씻는다)라고 하는 구절뿐이다.

온천이란 이름만 들어도 늘 이 구절이 주는 유쾌한 기분이 느껴진다. 또한 이러한 기분을 내지 못하는 온천은, 온천으로서 가치가 없다고 생각한다. 이 이상(理想) 외에는 온천에 대한 주문은 전혀 없다.

풍덩하고 잠기면 젖꼭지 근처까지 들어간다. 온천물은 어디서 솟아나는지 알 수 없으나 언제나 욕조의 둘레에 아름답게 넘쳐 흐르고 있었다. 봄날의 돌들은 마를 틈도 없이 젖어서 밟는 발이 따뜻해서 마음까지 차분하고 기쁘다. 내리는 비는 밤의 눈을 피해서 은밀하게 봄을 촉촉하게 적셔주지만, 추녀 끝 낙수 물은 점차로 장단이 빨라져서 투덕거리는 소리가 들린다. 욕탕의 증기(蒸氣)는 천정까지 가득차서 틈새만 있으면 탈출하려는 기세다.

가을의 안개는 차갑고, 자욱한 연무는 한가롭다. 저녁 짓는 파란 연기가 치솟는 저 하늘에 나의 허무한 모습을 맡기고 싶구나.

온갖 연민이야 있겠지마는, 봄날의 밤에 온천증기가 살결을 부드럽게 감싸주는데 왜 내가 나의 청춘을 의심하는가. 눈에 뵈는 것이 없을 정도로 간섭할 생각은 없지만, 얇은 비단 한 장을 벗기면 문제없이 세인들과 나를 구별할 수 있을 것이다. 몇 겹이든 간에 다 걸어 낸다고 해도, 오로지 나 혼자만 따뜻한 무지개 속에 담아 보내질 것이다.

술에 취한다는 말은 있지만 연무에 취한다는 어구는 들어본 일이 없다. 있다면 안개에는 물론 쓸 수가 없고 봄 안개는 좀 강하다. 다만 이 저녁놀(暮靄)에 춘소(春宵, 봄밤)란 두자를 얹어주면 비로소 타당하다고 생각이 된다.

나는 욕조 둘레 전에 머리를 얹고 투명한 욕조 물에 가벼운 몸을 가능한 저항이 없는 상태로 둥실 띄워본다. 둥실 둥실 영혼이 해파리처럼 부유(浮游)한다. 세상도 이런 식으로 된다면 한결 살기가 수월하지 않을까. 분별이란 자물통을 열고 집착이란 빗장을 풀어줘야 할 것이다.

아무튼 간에 나는 탕천(湯泉)안에서 탕천과 동화되어 버린다. 흐르는 것일수록 살기가 편하다. 흘어 가는 것에 영혼까지 얹어서 흘려보낼 수 있다면 기독교 신자가 오히려 부러워할 것이다.

과연 이런 장단으로 생각을 하다보면 도자에몽(土左衛門,익사자)은 풍류(風流)라고 할 수가 있다. 스윈번(Swinburne, 영국시인)의 뭐라고 하는 시에는 깊은 강바닥에 빠져죽은 여인을 기뻐하는 느낌을 묘사한 것이 었다고 생각한다.

내가 평소에 고민하고 있던 밀레(Millet)의 오펠리아(Ophelia, 햄릿의 연인)도 이런 시각에서 관찰한다면 상당히 아름다워진다.

왜 하필이면 그러한 불유쾌한 곳을 선택했는지 이해를 할 수 없었으나 결국 그것은 그것대로 그림이 되는 것이었다.

물에 뜬 채로, 혹은 물속에 가라앉은 채로, 아니면 가라앉았다가 떠올랐다가 물결치는 대로, 다만 그냥 그대로의 모습으로 고통 없이 흘러가는 모양은 참으로 아름다울 것이다.

그리하여 양쪽 강가에는 온갖 들꽃을 피어있게 하고 강물 색채와 떠내려가는 사람 얼굴 색채와 의복색채에 차분한 조화(調和)를 표현 할 수 있다면 좋은 그림이 될 것 같다. 그러나 떠내려가는 사람의 얼굴 표정이 평화적 이어서는 신화에 비유된다.

가사 경련적(痙攣的)인 고민과 정신은 파괴하지만 그렇다고 성적 매력이 없는 그저 태연한 얼굴로서는 감동이 없다. 어떤 얼굴을 그려야 성공할 수 있을까.

밀레의 오펠리아는 성공작 일지라도 그의 정신이 나의 그것과 같은 것일지는 알 수 없다. 밀레는 밀레, 나는 나인만큼 나는 나의 흥미를 가지고 한번 풍류적인 도자에몽(익사자)을 그려보고 싶다.

그러나 생각대로 간단하게 그 얼굴이 심상(心象)에 떠오를 것 같지는 않다. 탕천 안에서 둥실 떠있는 상태로 이번에는 도자에몽에 대한 찬(贊,인물에 대한시구)을 지어 보기로 한다.

비가 오면 흠뻑 젖겠지.
서리가 오면 몹시 춥겠지.
흙에 묻히면 캄캄하겠지.
둥실 떠오르면 물결위에 있고.
가라 앉으면 강바닥이지.
봄의 강물이면 힘들 것도 없겠네.

하며 입속으로 흥흥 그리며 탕천 물에 몸을 띄우고 있는데 어디선가 샤미센(三味線,삼현의일본고유 악기)소리가 들려온다.

미술가인 주제에 라고 지탄을 하면 죄송하지만 사실은 나의 이 악기에 대한 지식은 형편없는 것이라 2번 줄이 올라가든 3번 줄이 내려가든 귀로 듣기에는 그다지 영향을 받은 일이 없다.

그러나 고요한 이 봄밤에 촉촉한 비마져 흥취를 곁들이고, 산촌의 용천(湧泉)에 몸과 영혼까지를 담군 채 멀리서 들려오는 샤미를 무책임하게 듣는 것은 엄청 기쁜 시간이다.

거리가 멀어서 무슨 노래인지 무었을 켜고 있는지 물론 알 수 없으나 그대로 아취가 있어서 좋다. 음색이 차분 한 것으로 보아서는 카미카타(上方, 경도지방)의 샤미센가곡 이라고 생각된다.

내가 어릴 때, 문 앞에 요로즈야(萬屋)술집이 있었고 그 술집에는 오쿠라(御倉)라고 하는 처녀가 있었다. 이 오쿠라 처녀가 조용한 봄날의 오후가 되면 나가우타(長唄)를 복습한다. 그 복습을 시작하면 나는 습관처럼 뜰에 나간다. 열평 쯤 되는 차밭이 앞쪽에 있고 세 그루의 소나무가 거실 동쪽에 줄서 있었다. 이 소나무는 둘레가 세 뼘이나 되는 큰 나무인데 재미있는 것은 세 그루가 서로 다가서야 비로소 풍취를 꾸며준다. 어린 마음에도 어깨동무 하고 있는 소나무를 보면 왠지 기분이 좋았다.

　그 소나무 밑에는 검게 녹슨 등롱(燈籠)이 이름도 모르는 적색 돌 위에 언제 봐도 벽창호 고집쟁이 할아범처럼 버티고 앉아 있다. 나는 이 등롱을 물끄러미 보는 것을 참으로 좋아한다.

　등롱의 앞 뒤에는 이끼가 깔려있고, 그 이끼를 뚫고 이름 모른 들꽃이, 덧없는 세상 매서운 바람 속에 얼굴을 내밀고 저 혼자 향기를 피우며 즐기고 있다. 나는 이 풀숲에서 무릎이 겨우 들어가는 자리를 발견하고 가만히 웅크리고 있는 것이 그 무렵의 버릇이었다.

　세 그루 소나무아래 등롱 옆에서 풀냄새를 맡으며 옆집 오쿠라 처녀의 나가우타(長唄)를 멀리서 듣는 것이 그 당시의 일과였다.

　오쿠라 아가씨는 지금은 머리댕기를 풀고 살림꾼 티가 나는 얼굴로 계산대 앞에서 어슬렁댈 것이다.

신랑하고는 사이가 좋은지 어쩐지. 제비는 해마다 돌아와서는 진흙을 물고 둥지를 짓느라고 수선을 떨고 있을 것이다.

제비와 술 향기는 아무래도 상상의 세계에서 떼어버릴 수 가 없다.

세 그루 소나무는 지금도 늠름한 모습으로 서있는지, 철 등롱은 이미 깨지고, 봄 들꽃들은 옛날 멍하니 쪼그리고 앉아있던 소년을 기억하고 있는지. 그때만 해도 말 한마디 걸지 못하고 지냈으니 안면이 있을리가 없지. 오쿠라 처녀의 매일 듣던 노래가사도 지금은 다 기억 할 수가 없다.

이 밤에 들려오는 샤미 소리가, 뜻하지 않게 20년 과거의 정취를 파노라마처럼 눈앞에 펼쳐지니, 어느새 나는 철없는 소년이 되어버리는 순간 욕실 문이 자르르 열린다.

누군가 왔구나하고 입구 쪽만 시선을 고정시킨다. 나는 입구 문에서 떨어진 욕조 전 둘레에 머리를 얹고 있어서 아무것도 보이지 않는다. 한동안 추녀 끝을 감도는 낙수 물소리만 들린다.

샤미센은 언제부턴가 그치고 있었다.

이윽고 계단위에 무엇인가 나타났다. 넓은 욕실을 조명하는 것은 단 한 개의 양등(洋燈)이 있을 뿐 이 거리에서는 물체를 확인할 도리가 없다. 거기다가 피어오르는 유게무리(湯煙,김)는 우천으로 나갈 곳을 잃고 욕실을 가득 채운 서리 때문에 그가 누군지 알 수가 없다.

계단을 한단 내려서고 두 단을 밟고 조명을 제대로 받을 때까지는 남잔지 여잔지 말을 걸 수가 없다.

검은 물체가 또 한발 내려선다. 밟는 돌은 비로드같이 부드러워서 소리가 없으니 움직임이 없다고 생각할 수도 있을 것이다.

하지만 윤곽은 조금 솟아오른다. 나는 화가인 만큼 인체의 골격과 자태에 대해서는 의외로 시각이 예민하다. 어렴풋한 것이 일단 동작을 시작하자, 나는 여자와 단 둘이 이 욕실에 있다는 것을 알아챘다.

조심을 해야 하나 어쩌나 하고 생각하고 있는데 여자의 그림자는 바짝 다가선다. 솟아오른 탕천 김이 짙은 연무(煙霧)처럼 가득히 서려서 부드러운 광선은, 한 개 분자마다 머금은 따뜻한 연분홍색 속에, 감도는 머리채를 구름처럼 흘려보내고, 있는 대로 뻗어 올린 늘씬한 여체를 보는 순간, 예의가, 범절이, 풍기가 어쩌고 하는 느낌은 나의 뇌리에서 떠나고 오로지 아름다운 화제(畵題)를 발견했다고만 생각했다.

고대(古代) 그리스의 조각은 잠시 두고라도 근세 프랑스 화가들이 생명처럼 소중히 다루는 나체화(裸體畵)를 감상할 때

마다 너무나 노골적인 육체미를 극단적으로 묘사하려고 하는 흔적이 뚜렷해서, 어쩐지 품격이 부족한 것 같아 지금까지 나를 고민하게 하였다.

그러나 그때마다 어쩐지 좀 품위가 없어 보인다고만 평한 것뿐이며, 어째서 품위가 없느냐에 대한 이유를 모르면서, 그 해답을 얻기 위하여 고민하면서 오늘에 이르게 된 것이다.

육체를 덮어 버리면 아름다움이 숨어버린다. 감추지 않으면 천해 보인다. 근세의 나체화는, 오로지 감추지 않는다고 하는 천한화풍의 기교에 빠져있다.

의복을 빼앗은 모습을 그냥 그대로 그려서는 성이 안차서인지, 어디까지나 나체를 의관(衣冠)세상에 내세우려고 한다. 의복을 착용하는 것이 인간의 정상적인 모습임을 망각하고, 알몸뚱이에 모든 권능을 부여하려고 시도한다.

십분이면 충분 할 것을, 십이분, 십오 분 하는 식으로 어디까지든 오로지 나체가 최고라는 느낌을 강하게 묘출(描出)하려고 한다.

기교(技巧)가 극단에 도달 했을 때 사람들은 그 관람자에게 강요하는 것을 천시한다.

아름다운 것을 더욱 아름답게 하려고 초조해 할 때, 아름다움이 오히려 감소한 예가 많다. 인사나 사회생활이나 만전을 탐하면 손해를 초래한다는 속담도 있지 않는가.

자유정신과 순진성은 우리들에게 여유를 준다. 여유는 회화에서나, 시작(詩作)에서나 또한 문장에서나 필수적인 조건이다.

근대 예술의 큰 결함은 소위 문명의 조류가, 의미도 없이 예술가들을 몰아서 째째한 일에 구속하고 집착하게 한다. 결국 나체화도 그 좋은 예라고 할 수 있다.

도시에는 게이샤(藝者)라고 하는 것이 있다. 성을 팔고 미태(媚態)로 생업을 삼는다. 그들이 유흥객을 대할 때 나의 용자(容姿)와 자태(姿態)가 상대의 눈에 어떻게 비춰지는가를 고려하는 것 말고는, 아무런 표정도 발휘하지 못한다.

해마다 보는 미술전람회(Salon, 佛)의 목록에는 이들 예기(藝妓)와 닮은 나체미인으로 충만되어 있다. 그들은 한날 한시라도 나체가 되는 것을 잊지 않을 뿐만 아니라, 온 전신의 근육이 근질근질해서 자신의 나체를 과시하고 싶어 한다.

지금 나의 면전에 선 탄력 있고 미려한 자태는, 한 오라기의 속진(俗塵)도 묻지 않았다. 보통 사람이 입었던 옷을 벗어던진 자태라면 그것은 벌써 타락한 존재다. 첨부터 입어야할 의상도, 흔들어야 할 긴 소매 정장도, 듣지도 보지도 못한 신화시대의 자태를 구름 속에서 초대한 것처럼 자연스럽다.

욕실에 가득 찬 천탕증기(泉湯蒸氣)는 채우고 채워도 끝없이 솟아오른다. 봄밤의 반투명한 조명을 허물어 뜨리니, 욕실은 온통 무지개 세계가 되어 흔들리는데, 검은머리도 몽롱하게 달무리처럼 희미해지면서 하얀 자태가 구름 속에서 서서히 떠오른다. 그 윤곽을 보라.

목덜미 안쪽을 가볍게 양편에서 모여서 자연스럽게 흐르는 선이, 통통하고 둥글게 꺾여 흘러간 끝은 다섯 손가락으로 갈라질 것이다.

풍만하게 솟아오른 유방아래는 썰물처럼 빠지면서 날씬해졌다가 다시 되살아 나면서 하복부에 긴장감을 주어진다.

긴장한 세력을 뒤쪽으로 뽑아내서 세력이 다하는 곳에서 분할된 육체가 평행을 유지하기 위해서 약간 앞으로 경사가 진다. 역으로 받는 무릎은 이번에는 다시 쳐 세워서 길게 굽이치면서 발꿈치에 도달 할 때, 평탄한 발이 모든 갈등을 두 장의 발바닥으로 넉넉하게 처리한다.

세상에서 이처럼 착잡한 배합은 없을 것이다.

이처럼 통일이 잘되는 배합도 없을 것이다. 이처럼 자연스럽고 이처럼 부드럽고 이처럼 저항이 적고 이처럼 편안한 윤곽은 찾기 힘들 것이다.

게다가 이 자태는 보통의 나체처럼 노골적으로 내 눈앞에 쑥 내미는 것은 아니다. 모든 것이 유현(幽玄)한 정취가 풍기고 그윽한 품위를 은근히 보여준다. 발묵(潑墨)이 생동하는 곳에 편린을 떨어뜨려서 무서운 괴수를 그림 밖에서 상상하듯이, 예술적으로 보아서도 더할 나위가 없다. 공기감(空氣感)과 온화감과 어둠의 계조(階調)까지를 준비되어 있다. 六六은 三十六린(鱗, 용의 비늘 수)을 세심하게 그린 용 그림을 비늘 몇 개를 빠트린 경험이 있다면, 적나라(赤裸裸)한 알몸을 보고 있노라면 신운(神韻)을 느낄 때가 있을 것이다.

나는 이 여인의 자태를 보았을 때 달세계에서 도망친 '선녀 상아'가 무지개의 추격포위를 당했을 때 한동안 주저하는 모습으로 보았다.

윤곽은 점차 유백색으로 떠오른다. 지금 한 발 더 내디디면 모처럼의 선녀가 〈아 가련 하구나〉 속계(俗界)로 타락한다고 느끼는 순간 파란 머리채를 휘날리며 소용돌이 치는 김 연기를 거세게 뚫고 계단을 올라갔다. 아하하하 예리한 여인의 웃음소리가 긴 복도의 적막을 깨고 멀어져 간다. 나는 탕 물을 꿀꺽 들이켜고 욕조 안에서 벌떡 섰다.

놀란 물결이 가슴을 친다. 욕조를 넘치는 탕천 물소리가 쏴쏴 하염없이 흐르고 있었다.

八

　녹차 대접을 받는다. 상대는 승려, 관해사(觀海寺)의 스님 (和尚)으로 이름은 다이테츠(大徹)라고 한단다. 속인한 사람, 24~5세 되는 젊은 남자다.

　노인의 거실은 내가 있는 방에서 복도를 오른쪽으로 가서 막 다른 왼쪽에 있었다. 방은 六조(삼평)크기다. 커다란 자단탁자 가 방 가운데 놓여 있어 생각보다 좀 답답하다.

　그쪽의 자리를 보니 방석 대신에 꽃 융단을 깔고 있었다. 물 론 시나제(支那製)일 것이다. 융단 중앙에는 육각형 가옥과 묘 한 버드나무가 짜여져 있었고, 그 주위는 철색에 가까운 남색 바탕이며 사방모서리는 당초무늬로 마무리하고 있었다. 시나 에서도 이것을 거실에서 쓰고 있는지 의심스러우나 이처럼 방석을 대용해 봐도 재미있다.

가령 인도의 사라사(날염한 면직물)이거나 페르시아의 벽걸이 같이 큰소리 치는 물건에는 멍청한 구석이 있어서 오히려 가치가 있듯이, 이 꽃 융단도 좀스럽지 않게 멋이 있다. 꽃 융단 뿐만 아니다.

모든 시나의 기구는 뛰어난 데가 있다. 아무래도 좀 멍청하고 느긋한 인종의 제품이라 그럴 수 밖에 없다. 보고 있으면 어쩐지 멍해지는 것이 존경스럽다.

일본은, 소매치기 날림 수법으로 미술품을 제작한다. 서양은 규모가 크면서 섬세하기는 하나 속기(俗氣, 裟婆氣)를 버리지 못한다.

우선 이런 생각을 하면서 자리에 앉는다. 젊은이는 나와 나란히 융단의 반을 차지했다.

큰 스님(和尙)은 호피(虎皮)를 깔고 좌정한다. 호피의 꼬리는 나의 무릎 옆을 지나갔고, 머리는 스님이 엉덩이로 깔고 계셨다. 노스님은 머리카락을 모조리 뽑아서 볼과 턱에 이식 한 것처럼 흰 수염을 털보 같이 기르고는 찻잔을 탁자위에 조심해서 늘어 놓는다.

"오늘은 오래간만에 손님이 오셔서 차 대접을 할까하고……" 승려쪽을 바라보자

"아니, 심부름꾼을 보내줘서 고마워. 오늘쯤은 다녀갈까 생각하고 있었지"라고 한다. 이 승려는 육십 전후의 둥근 얼굴, 달마상(達磨像)을 초서(草書)로 허물어 뜨린 것 같은 용모를 하고 있었다.

노스님하고는 평소에 막역한 사이인 듯 하였다.

"이분이 손님이신가?"

노인은 끄덕이면서 적갈색 큐수(急須,차기 주전자)로 녹색을 머금은 호박색(琥珀色)옥액(玉液,차액)을 두세 방울씩 찻잔 바닥에 떨어트린다. 청아한 차향이 코를 들이 닥친다.

"이런 시골은 혼자면 쓸쓸하실텐데"하며 스님은 곧장 나에게 얘기를 건다.

"아 네네"하고 밑도 끝도 없는 대답을 한다. 쓸쓸하다고 하면 그건 허위다. 외롭지 않다고 하면 긴 설명이 필요하다.

"무슨, 큰스님. 이분은 그림 그리는 화가이시라 바쁘시답니다요."

"아 그래요, 좋으시겠어요. 역시 남종파(南宗派)이신가요"

"아니에요"이번에는 대답을 했다. 서양화라고 해봐야 스님에게는 소용이 없을 것 같았다.

"아니여, 그 서양화라니까"라고 하며 노인이 대신해서 주인 역을 맡아준다.

"그래요, 양화라고 했지. 그렇다면 저 큐이치(久一)가 하는 것이군요. 그건 전번에 보기는 했는데 대단히 좋았어요"

"아닙니다, 보잘 것 없습니다"라고 젊은 사내가 겨우 말을 한다.

"자네가 감히 큰스님에게 보여드렸단 말인가"하며 노인이 젊은 사내에게 묻는다. 말씨를 들어도 그렇고 동작을 봐서도 아무래도 친척간이라 느껴진다.

"보여드리기는요, 연못에서 사생을 하는데 큰스님께 들켰습니다"

"허허 그런가-자, 차가되었으니 한잔"하며 노인은 찻잔을 각자 앞에 놓는다. 찻잔은 대단히 큰데 차는 서너 방울에 불과했다.

찻잔은, 청회색 바탕에 짙은 빨강과 연한황색으로 그림인지 문양인지

귀면(鬼面)인지 분간할 수 없는 것이 빈틈없이 그려져 있었다.

"모쿠베(青木木米,江戶末期의陶工)입니다"

"이건 재미있다"며 나도 간단하게 칭찬했다.

"모쿠베는 어쩐지 가짜가 많아서, -그 이토조코(絲底)를 보시면 명(銘)이 있을 것이오"라고 한다.

잔을 들어 올려 쇼지문 쪽으로 비추어본다. 장지문에는 화분에 심은 엽난 그림자가 따스하게 투영하고 있었다. 목을 꾸부리고 들여다보니 木자가 깨알 만하게 보였다. 명(銘)은 감상하는데 그다지 중요한 것은 아니나 호사가들은 어지간히 이것에 집착한다고 한다.

찻잔을 아래에 놓지 않고 입에 대어본다. 짙은 단맛, 따뜻한 온도, 이슬 같은 무게를 혀끝에 한 방울씩 떨어트려서 음미해보는 것은 한인(閑人)들의 풍류이다. 보통 사람들은, 차는 마시는 것으로 알고 있으나 그것은 잘못이다. 혀 끝에 한 방울 톡하고 얹어주면 청량감이 사방으로 확산되어 목에 넘어가는 것은 거의 없다. 다만 그윽한 향기가 식도에서 위속으로 스며들어 퍼져갈 뿐이다.

치아를 쓰는 것은 천하다. 물은 너무나 가볍다. 옥로(玉露,고급차)는 너무나 진하다. 담수(淡水)의 한계를 벗어나도 턱은 피로를 모를 것이다. 훌륭한 음료이다. 잠을 잘 수가 없다고 불평하는 사람이 있다면, 잠을 못자는 한이 있어도 옥로는 즐길 만하다고 권하고 싶다.

노인은 어느 사이엔지 청옥(靑玉)으로 된 과자 쟁반을 내놓는다. 커다란 옥석덩어리를 그토록 얇게, 그토록 정밀하게, 도려낸 장인(匠人)의 기술은 경탄할 수 밖에 없다. 그 쟁반을 들고 밖을 비춰보니 봄의 햇살이 쳐들어 와서는 퇴로를 찾지 못하고 헤매는 느낌이 든다.

"손님께서는 청자를 칭찬하셔서 오늘은 좀 보여 드릴까 하고 내 놓았습니다"

"어느 청자를-아 그 과자 쟁반인가. 그것은 나도 좋아하지요. 그런데 당신은, 서양화로는 후수마(미다지)를 그릴 수 없나요. 그릴 수 있다면 한 작품 부탁하고 싶은데"

그려달라고 하면 그리지 못할 것도 없으나 이 스님 마음에 드실는지 알 수가 없는 노릇이다. 모처럼 고심해서 제작해 놓고, 에이 서양화는 틀렸어 하면 작업한 보람이 없다.

"후수마에는 어울리지 않을 것 같아요"

"그럴까요. 그럴지도 모르지, 지난번에 큐이치(久一)씨의 그림 같으면 좀 지나치게 화려할지도 모르지"

"엉터립니다. 그것은 장난질 한 것입니다."하며 젊은 사내는 부끄러워 하면서 겸손하였다.

"그 뭐라고 하는 못(池)은 어디에 있어요"하며 나는 젊은이에게 물었다.

"캉카이지(觀海寺)바로 뒤편에 계곡이 있는데 그윽하고 고요한 곳입니다-학교 다닐 때 배운 것을 심심풀이로 해본 것입니다"

"캉카이지라고 하면……"

"캉카이지는 바로 내가 거처 하는 곳이요. 한눈에 바다를 조망할 수 있고-체류 중에 한번 오세요. 저 복도에서 절의 돌 계단이 보이지 않나"

"언제쯤 폐를 끼쳐도 되겠습니까?"

"좋고 말고, 어제든지 있으니까. 여기 아가씨도 가끔 오시지요.-오늘은 오미나(御美那)아가씨가 보이지 않는데-무슨 사정이라도 있었나요 영감님"

"어디로 가셨는지. 큐이치 자네 쪽에는 들리지 않으셨든가"

"아니요, 오시지 않았어요"

"또 혼자 산책인가 허허허. 오미나 아가씨는 다리 힘이 보통이 아니셔요. 지난번 불사관계로 길을 떠났는데 스가타미바시(姿見橋)에서 많이도 닮았구나 해서 다시 보니 오미나 아가씨예요. 옷자락을 걷고, 짚신을 신고는, 스님 뭘 꾸물대며 어딜 가시나요 하는 바람에 깜짝 놀랐지요. 지금 막 미나리를 캐고 오는 길인데 스님에게도 좀 나눠 드리지요 하며, 느닷없이 소맷자락에 진흙 투성이의 미나리를 쑤셔 넣는 바람에, 허허허허"

"저런,……"하며 영감님은 쓴웃음을 지으면서 일어나더니 "사실은 이걸 보여드릴까하고"라고하면서 얘기를 다시 골동(骨董)으로 돌린다.

노인은 자단서가에서 정중히 받쳐 들고 내리는 문단자(紋緞子)고물 주머니를 보여주었다. 상당히 무거운 물체 같았다.

"스님, 당신에게는 보여드린 일이 있었던가요"

"무엇인가요, 도대체"

"벼루지"

"그래요, 어떤 벼루인데?"

"산요(賴山陽, 유학자)가 애장 했었다고 하는……"

"아니 아직 본 일이 없지"

"슌수이(賴春水, 라이산요의 아버지)의 뚜껑이 달려있는……"

"그것은 처음이야, 어디어디"

노인은 소중히 비단주머니를 여는데 팥죽 색깔의 네모난 돌의 모서리가 슬쩍 보였다.

"좋은 색깔이군. 단계(端溪石)냐"

"단계에다가 구욕안(鴝鵒眼,부엉이안구)이 아홉 개나 있어요"

"아홉 개?"하며 스님은 탄복하는 모양이었다.

"이게 슌수이의 예비덮개"라며 비단을 바른 얇은 뚜껑을 보여준다. 위에는 슌수이의 필적으로 칠언절구가 있었다.

"과연. 슌수이는 명필이여. 잘 쓰기는 한데 필력은 쿄헤이

(杏坪,춘수의 말제)가 한 수 위지"

"역시 쿄헤이가 좋은가"

"상요오가 글씨는 약한 편이야. 어쩐지 재사형(才士型)은 속기가 있고 해서 재미없어"

"허허허. 스님께서는 산요오를 싫어하셔서 오늘은 족자를 바꿔 걸었지요"

"정말로"하며 스님은 뒤돌아본다. 토코(床の間,거실 장식벽) 바닥은 한 장 판자를 깔고, 수색고동병(銹色古銅瓶)에는 두자 높이나 되는 목연을 꽂아 놓고 있었다. 족자는 고금난(古錦襴)으로 장정한 오기후소라이(荻生徂來,유학자)의 대작이었다. 견 바탕은 아니나 다소 시대적 변화도 있고, 글자체의 교졸(巧拙)에는 이론이 없으며 종이 색은 주위 비단과 잘 조화를 이루고 있다.

저 금난 비단도 장정 초에는 화려할 뿐 그윽한 정취는 없었는데, 채색이 바래지고 금사(金絲)는 차분해서 수수하고 깊은 멋이 어우러진 것이다.

암갈색의 모래벽체에 하얀 상아족자가 두드러져서 양쪽으로 버팀을 준다. 앞쪽에 있는 목연이 붕하니 떠오르는 느낌을 줄 뿐, 토코 전체의 분위기는 오히려 너무 차분해서 음기가 도는 느낌이다.

"소라이 것인가"하며 스님이 보면서 묻는다.

"소라이도 흥미가 어떨까 해서 산요보다는 나을까 해서"

"그건 소라이가 훨씬 좋지. 쿄호(亨保)시대의 학자들은 명필은 아니라도 어딘가 품위가 있단 말이야"

"코타쿠(細井廣澤,유학자)를 일본의 명필이라고 한다면, 나는 한인(漢人)의 졸필에나 비할 수 있을지 하고 자탄한 분은 소라이였던가요, 스님"

"그런데 스님께서는 누구 필체를 사사하시였습니까?"

"나말인가. 참선중은 책도 읽지 않고 습자도 하는 것이 없지."

"그러나 누구에게서 배운 것은 있을 것이오"

"젊을 시절에 코센(高泉)의 서체를 조금 연습한 일이 있지. 그것 뿐이라네. 그래도 부탁을 받으면 언제든지 쓰기는 하지. 허허허 그런데 그 탄케이(端溪硯)을 보여 주셔야지"하며 스님이 채근한다.

마침내 비단보자기가 치워지고 동석한 시선이 벼루에 집중한다. 뚜께는 약 두 치나 되니 보통 것의 두 배가 된다. 거기에 네 치에 여섯 치의 폭과 길이도 보통크기는 넘는다. 뚜껑에는, 소나무껍질 그대로를 비늘처럼 곱게 연마해서 주색 옷칠을 했는데 알 수 없는 서체로 두 글자가 있다.

"이 뚜껑이"라고 노인은 말한다. "이 뚜껑이 예사 뚜껑이 아니라, 보시다시피 소나무 껍질이 틀림없으나……"

노인의 시선은 나를 보고 있다. 그러나 소나무 껍질의 뚜껑에 무슨 인연이 있든 간에 화가로서는 그다지 감복할 가치가 없어서,

"소나무 뚜껑에는 속기(俗氣)가 있어요"

라고 하였다. 노인은 뭐라고 하듯이 손을 들면서,

"그냥 소나무 뚜껑이라면 속기라고 할 수 있으나, 이것은 그 뭐라고 하나 산요오가 히로시마에 있을 때 자기 정원에 있던 소나무를 벗겨서 손수 만든 것입니다요"

과연 산요는 속물이라는 생각이 나서

"어차피 손수 만들려면 좀 더 서툴게 만들어야지 일부러 비늘 하나하나를 빤짝 빤짝하게 갈아서 광을 내지 않아도 될 것을"하고 기탄없이 말했다.

"허허허. 그건 그래요. 그 뚜껑은 정말 싸구려같이 보인다"고 하며-스님은 내 의견에 찬성한다. 젊은이는 딱하다는 듯이 노인 얼굴을 본다.

노인은 다소 기분이 언짢은 자세로 뚜껑을 열었다. 속에서 바야흐로 벼루의 정체가 드러난다.

만약 이 벼루에 대하여 사람의 눈을 집중하는 특이한 관점

은, 표면에 나와 있는 장인(匠人)의 조각이라고 할 것이다. 한 가운데 회중시계 크기의 볼록한 육괴(肉塊)가 가장자리와 비슷한 높이로 남겨두고, 그것을 거미의 등줄기로 삼고 중앙에서 사방으로 여덟 개의 다리가 만곡을 그리며 달리는 것이 보이면, 그 발끝에는 대체로 구욕안(鴝鵒眼,올빼미안구)을 안고 있다. 남은 등줄기의 한가운데는, 노란 물감을 떨어트린 것처럼 번져서 보인다. 등줄기와 다리와 변연(邊緣)을 두고, 남은부분은 한 치 이상 깊이로 파 내리고 있다. 물을 담는 수우(水盂)에서 은표(銀杓,국자)로 물 한 방울을 떠서 거미 등줄기에 떨어트려 귀한 먹으로 갈아 낸다. 이렇지 못하면 이름만 벼루지 실은 문방구의 장식품에 불과하다.

노인은 곧 군침이라도 흘릴 입모양으로 말한다.

"이 살결 감촉과 눈알을 보세요"

과연 보면 볼수록 신비한 색깔이다. 차갑고 윤택한 살결위에 혹하고 한숨을 불면 바로 엉켜서 한 덩어리 구름이 일어날 것 같다. 특히 놀라운 것은 눈알의 색조이다. 눈알의 색깔이라기보다 눈알과 석질이 서로 교차하는 부분이 수시로 변화무쌍해서 내 눈을 의심할 정도다. 가령 그것을 형용하면 보라색 양갱(羊羹)이 속에 까치콩을 투시(透視)하듯이 깊은 곳에 박아 넣고 있다. 단계석 벼루는 눈알이 한두 개만 있어도 진품인데, 아홉 개나 된다니 그 유례가 없다.

그리고 그 아홉 개가 정연하게 같은 거리로 안배되어 마치 인공적으로 반죽한 물체 같아서 두말할 것도 없이 천하일품이라 할 수 있다.

"과연 훌륭합니다. 보는 것도 기분이 좋지만 이렇게 만져보면 유쾌합니다"라고 말하면서 나는 젊으니 에게 벼루를 건네주었다.

"큐이치는 그런 진품을 알기나하나"라고 노인이 웃으면서 묻는다. 큐이치는 다소 자포자기하는 기분으로 "알 수 없지요" 내팽개치듯이 말하고는 앞에 놓고 보다가 황송하다고 눈치 채고는 나에게 돌려준다.

나는 또 한 번 소중하게 쓰다듬어 보고 어루만져 보고 마침내 공손히 선사(禪師)에게 돌려드렸다. 선사는 한참 손바닥위에 놓고 확인한 다음, 그래도 한이 안차는지 자기 옷소매로 벼루를 문지르고 광택이 나면 자꾸 되풀이하여 상완(賞玩)한다.

"어르신 아무래도 이 색채는 참으로 훌륭해요. 사용해 보셨나요"

"아니 아직 좀처럼 쓸 일도 없고 해서, 구입한 그대로지"

"그렇고말고. 이런 진품은 시나(支那)에서도 구하기 힘들지요, 어르신"

"사실이여"

"나도 하나 갖고 싶다, 무엇하면 큐이치 군에게 부탁할까. 어때 사다줄 수 있을까"

"허허허. 벼루를 발견도 하기전에 죽어버릴지도 모르지"

"정말 벼루가 문제 아니지. 그런데 언제 출발 하는가"

"23일안에 갑니다"

"어르신. 요시다(吉田)까지 데려다 주셔야지오"

"평소 같으면 나이도 나이라 그냥 두려고 했는데, 어쩌면 다시는 만나지 못할지도 모르니 데려다 주기로 했어요"

"백부님은 안 오셔도 좋습니다"

젊은이는 이 노인의 조카뻘이다. 어딘가 닮아 보였다.

"그러지 말고 전송하는게 좋아. 강배로 가면 문제 없어요. 어르신"

"그래요, 재 넘어가기는 힘들지만, 돌아서가도 뱃길은 편하지……"

젊은이는 이번에는 사양하지 않는다. 그냥 듣고만 있다.

"시나에 가십니까" 내가 물어 보았다.

"네네" 대구가 시원찮아 꼬치꼬치 물어볼 것도 없고 해서 그만 두었다.

쇼지 창문을 보니 난 그림자 위치가 옮겨져 있었다.

"아니 당신. 역시 이번 전쟁으로—이 사람이 지원병으로 소집
돼서"

노인은 본인을 대신해서, 만주 들판으로 출정하는 이 청년의
운명을 나에게 들려준다.

이 꿈같고 시 같은 봄의 산촌에, 우는 새, 떨어지는 꽃, 솟아
나는 온천수 뿐이라고 생각한 것은 나의 착각 이었다.

현실세계는 산을 넘고, 바다를 건너서, 헤이케(平家)의 후예
(後裔)만 정착해 살던 이 고촌(孤村)에까지 다가선다. 삭북의
광야를 물들이는 피바다의 몇 만분지 일가량은 이 청년의 동맥
에서 내뿜을지도 모를 일이다.

이 청년의 허리에 찬 장검의 칼끝에서 피가 연기처럼 뿜을지
도 모른다.

그리하여 이 청년은, 몽상만하고 살고 있을 뿐, 인생에서 아
무런 가치도 인정하지 못하는 한 화가의 옆자리에 앉아 있다.
그의 가슴을 뛰는 고동소리는 백리평야를 석권하는 높은 함성
소리가 벌써 들려오고 있는지도 모른다.

운명은 창졸히 두 청년을 한 방에서 만나게 했을 뿐, 다른 것
은 말이 없다.

九

"공부 하세요"라고 여인이 말한다. 숙소에 돌아온 나는, 이즐
(畵架)에 묶어서 가져온 책 한권을 뽑아서 읽고 있었다.

"들어오세요. 아무 상관 없어요"

여인은 주저하는 기색도 없이 성큼성큼 들어온다. 수수한 옷
깃 속에 아담한 목덜미가 산뜻하게 뽑을 내고 있다. 여인이 내
앞에 앉을 때 이 목선과 장식깃의 대조가 제일 먼저 들어온다.

"서양 책입니까, 어려운 내용이 실려 있지요?"

"별로"

"그럼 뭐가 적혀 있나요"

"글쎄요. 실은 나도 잘 모릅니다"

"호호호. 그래서 공부하는 가요"

"공부하는거 아네요. 다만 탁자위에, 이렇게 열고, 열려져 있는 곳을 적당히 읽고 있어요"

"그래서 재미있어요"

"그게 재미있어요?"

"왜요?"

"왜라니, 소설종류는 그렇게 읽는게 더 재미있어요"

"어지간히 유별 나시네요"

"네 좀 별납니다"

"처음부터 읽으면 왜 나쁜가요"

"처음부터 읽어야 한다면 끝까지 읽어야 하지 않겠어요"

"묘한 이치를 다는군요. 끝장까지 읽어서 뭐 나쁠 것이 있어요"

"물론 나쁠 것은 없지요. 스토리를 읽을려면 나 역시 그렇게 하지요"

"스토리를 읽지 않고 무엇을 읽을 것이 또 있나요"

나는 과연 여자구나 하고 생각했다. 그래서 이 여자를 약간 테스트 해보고 싶었다.

"당신은 소설을 좋아 하세요"

"내가?"하며 말을 멈추었다가 다시 "글쎄요"하고 말꼬리를 흐린다.

별로 좋아하는 것 같지가 않다.

"좋아하는지 싫어하는지 자기 자신도 잘 모르는 것 아닌가요?"

"소설 따위는 읽으나 마나죠"하며 소설 같은 것은 안중에도 없다는 듯이 그 존재도 인정하지 않는다.

"그렇다면 처음부터 읽거나, 끝부터 읽거나, 적당한데서 읽거나 상관 없잖아요. 당신처럼 그렇게 이상하게 생각할 것도 없구요"

"그렇지만 당신과 나는 다르지요"

"어디가?"하며 나는 여인의 눈을 주시한다. 테스트는 이 때라고 단정했는데 여인의 눈동자는 미동도 하지 않는다.

"호 호호호 그것도 모르세요"

"그러나 젊어서는 아주 많이 읽었지요" 나는 외길로 밀어 붙이는 것을 지양하고 살짝 뒤로 돌았다.

"지금도 젊다고 생각하는데. 가엾어라"놓아준 매는 다시 사냥을 놓친다.

"그러한 말을 남자 앞에서 할 수 있다면 벌써 늙은이에 들어가지요"겨우 돌려 세웠다.

"그렇게 말하는 당신도 제법 연배가 있지 않나요? 그런 나이가 되어도, 역시 반했다느니, 부었다느니, 여드름이 나왔다느니

하는 소설이 재미있어요"

"그럼 재미있지요. 죽을 때까지……"

"정말. 그러니까 화가가 되었나 봐요."

"전적으로 그래요. 화가를 하니까 소설을 처음부터 끝까지 읽을 필요가 없다니까요. 그래서 어디를 읽어도 재미있어요. 당신하고 얘기하는 것도 재미있어요.

여기있는 동안은 매일같이 얘기를 하고 싶어요. 당신에게 반해도 좋아요? 그러면 더욱 재미있겠지요. 그러나 아무리 반했다고 해도 당신과 부부가 될 필요는 없어요. 반해서 부부가 되어야 한다면 소설을 처음부터 끝까지 읽을 필요가 있지요"

"그렇다면 몰인정하게 반하는 것이 화가인가요"

"불인정(不人情)한 것이 아닙니다. 비인정(非人情)하게 반하는 것입니다. 소설도 비인정으로 읽으니까 스토리는 별문제가 안됩니다. 이래서 제비뽑기 식으로 책이 펴지는 대로 막연하게 읽는 것이 재미있다니까요"

"정말 재미있을 것 같네요. 그럼, 지금 당신이 읽고 있는 곳을 얘기해줘요. 어떤 재미있는 사건이 전개 되는지 알고 싶어요"

"얘기를 해버리면 재미 없어요. 그림도 설명을 해버리면 한 푼 가치도 없어요"

"호호호 그럼 읽어 주세요"

"영어로 말입니까"

"아니 일본어로"

"영어를 일본어로 읽는 건 힘들어요."

"좋아요, 비인정스럽고"

이것도 그 나름의 재미니까 그녀의 청을 따라 그 책을 띄엄 띄엄 읽기 시작한다. 만약 세계에서 비인정(非人情)스런 책읽기가 있다면 바로 이 장면일 것이다. 듣고 있는 여인도 처음부터 비인정으로 듣고 있다.

"인정의 바람이 여인으로부터 불어온다. 음성에서, 눈에서, 살결에서 불어온다. 남자의 부축으로 선미(船尾)로 가는 여인은, 석양의 베니스를 조망하기 위해선가, 부축하는 사내는 내 혈관에 번개 같은 피를 뛰게 하기 위해선가.−비인정이니까 적당히 합니다. 군데군데 빠질지도 모릅니다."

"좋아요. 형편에 따라서는 덧 붙여도 상관 없고요"

"남녀는 나란히 뱃전에서 맞댄다. 그들의 간격은, 바람에 나부끼는 리본보다 더 붙어 있었다. 그들은 다 같이 베니스여 잘 있어 라고 한다. 아득한 베니스의 도지궁전(Doge's Palace)은 제二의 일몰처럼, 붉그스레하게 사라져간다……."

"도지라니 그게 뭔데요"

"무엇인지는 관계 없어요. 그 옛날 베니스를 지배한 왕의 이름이지요. 몇 대나 계승 되었는지. 그 궁전은 지금도 베니스에 남아 있어요."

"그래서 그 남자와 여자란 누구 얘긴데요"

"누구인지 나도 잘 몰라요. 그러니까 재미있지요. 지금까지의 관계는 아무럼 어때요. 다만 당신과 나처럼 이렇게 같이 있다는 것, 그때 뿐인 재미가 있잖아요"

"그런 건가요. 무엇이 배안에서 남녀가-"

"배던지 언덕이던지 쓰여 있는 대로가 좋은 것입니다. 왜냐고 따지면 탐정이 돼 버려요"

"오호호호 그럼 묻지 않을게요"

"보통소설은 전부 탐정이 발명한 것입니다. 비인정한 데가 없으니 조금도 재미가 없어요"

"그럼 비인정한 속편을 좀 들어 봅시다. 그리고?"

"베니스는 가라앉으며, 가라앉으며, 그저 하늘의 끝은 한 가닥 아련한 선이 된다. 선은 끊어진다. 끊어지면 점이 된다. 하늘 가운데 진 보라색 유리구슬의

원주가 여기저기 쭈삣쭈삣 선다. 결국은 가장 높은 종루(鐘樓)가 가라 앉는다.

가라 앉았다고 여자가 말한다. 베니스를 떠나는 여자의 마음

은 하늘을 넘나드는 바람처럼 자유롭다. 하지만 침잠(沈潛)한 베니스는, 또다시 돌아와야 할 여심에 고삐를 묶는 고통을 준다. 남녀는 어두워진 항만 저쪽을 조망한다. 별들은 늘어난다. 바다는 부드럽게 흔들리며, 남녀는 손을 잡는다. 음향으로 떨고 있는 현(絃)줄을 잡는 느낌이다.……"

"그다지 비인정한 것도 아닌데요"

"아니 이것이 비인정적으로 들려요. 그른데 싫으면 조금 건너 뛸까요"

"나는 끄떡 없어요"

"나는 당신보다 더 끄떡 없어요. - 그리고 보자, 에에또, 좀 어렵게 되어가는데. 아무래도 번역이-읽기가 까다로워요"

"까다롭거든 건너 뛰세요"

"알았어요, 적당히 합시다.-오늘 이 하룻밤을 하며 여자가 말한다. 하룻밤? 하고 남자가 묻는다"

"단 하룻밤은 야속하고, 며칠 밤은 쌓아 올려야지"

"여자가 하는 말이요, 남자가 하는 말이요"

"남자가 하는 말이지요. 아무튼 이 여자가 베니스로 돌아가기 싫은 모양이죠. 그래서 남자가 위로해 주는 말이지요.-한밤중에 갑판에서 밧줄 다발을 베개로 가로 누었다. 남자의 기억에는, 그러한 순간, 뜨거운 한 방울의 피를 닮은 순간, 여자의 손을 꽉 잡는 순간 큰 파도처럼 흔들린다. 남자는 캄캄한 밤하늘을 쳐다 보면서, 강요하는 결혼의 깊은 소에서, 이 여자를 구출해야겠다고 결심한다. 그렇게 결의를 다지고 남자는 눈을 감는다.- "

"여자는?"

"여자는 길을 헤매면서, 어디로 가야할지 갈피를 잡지 못한다. 솔개가 채가는 병아리처럼, 다만 불가사의의 천만무량-이 다음이 읽기가 힘들어요."

아무래도 문장이 않되네.-단 불가사의의 천만무량-"무슨 적당한 동사가 없을까요"

"동사 따위는 필요 없어요. 그것으로 충분해요."

"뭐요?"

쾅 하는 굉음이 울리자 뒷산 숲이 흔들거린다. 엉겁결에 얼굴을 마주보는 순간 탁자위의 동백꽃 병이 흔들린다."지진!"하고 작은 소리로 외치는 여인은 나의 탁자에 의지를 한다. 서로의 몸과 몸이 부벼대는 것처럼 움직인다.

푸드득하며 날개를 치며 꿩 한 마리가 대숲에서 튀어 오른다.

"꿩이"하며 나는 창밖을 본다.

"어디에"하며 여자는 몸을 흐트러뜨린다. 바짝 다가온다. 내얼굴과 여인의 얼굴이 서로 부딪힐 정도로 다가왔다. 가느다란

코 구멍에서 거친 여인의 숨결이 나의 수염을 흔든다.

"비인정 같으니라고" 여인은 금세 엄숙한 자세를 고친다.

"물론"하고 일언지하에 대답한다.

암반(巖盤)의 중앙에 고여 있는 물이 놀라서 둔하게 흔들고 있다. 지반 전체가 요동을 치니, 지표는 불규칙한 곡선을 그릴 뿐 파괴된 곳은 없다. 〈원만하게 동요한다〉는 어구가 있다면 이럴 때 쓸만하다.

차분하게 그림자를 물에 담구고 있던 산 벚꽃(山櫻)은, 물과 더불어 늘어났다가 줄었다가, 꾸부렸다가 비틀댄다. 그러나 어떻게 변화하였든 간에 결국은 벚꽃 그 자체의 모습은 유지한다는 것이 흥미롭다.

"이것은 재미있고 유쾌하다. 아름답고 변화가 있고 이처럼 움직임이 없으면 재미가 없지"

"인간도 그처럼 움직인다면, 얼마든지 움직여도 끄떡없지요"

"비인정이 아니면, 이렇게는 움직일 수 없어요"

"호호호 비인정을 대단히 좋아하시는 군요."

"당신도 역시 싫어하지는 않으면서. 어제는 후리소데 정장을……"하고 말을 꺼내려하자

"무슨 포상이라도 주세요"하며 여인은 어리광을 부린다.

"그것은 왜요"

"활옷 정장을 보고 싶다고 하셨다면서요. 그래서 일부러 보여드리지 않았어요"

"내가 말입니까"

"산 고개를 넘어오실 때 화가 선생이, 찻집 할머니에게 일부러 부탁을 하셨다면서요"

나는 뭐라고 대답해야 좋을지 갑자기 인사말이 나오지 않았다. 여인은 때를 놓치지 않고, "곧잘 잊어버리기를 잘하는 사람에게는 아무리 성의를 다해봤자 소용이 없어요" 하며 비웃듯이 원망하듯이 또한 정면에서 공격하듯이 연달아 퍼붓는다.

점점 형세가 불리하기는 한데 어느 시점에서 만회를 하나 하고 생각해 보았으나, 한번 급소를 찔리고 보면 좀처럼 허점이 안 보인다.

"그럼 간밤에 욕실에 오신 것도 전적으로 친절 때문이었던가요" 난처하게 밀리다가 간신이 막아선다.

여인은 입을 다물었다.

"대단히 미안합니다. 사례로 무엇을 드릴까요" 하고 선수를 두자. 아무리 앞서 나가도 효과가 없었다. 여인은 시치미를 떼고 다이테쓰 스님이 휘호(揮毫)한 액자만 보고 있었다. 이윽고

"竹影拂階塵不動(〈대숲 그림자는 흔들거리며 쓸고 있으나

청 마루 티끌먼지는 꼽작도 않네)〉”하며 입안에서 중얼거리다
가 또 내 쪽을 돌아보더니, 갑자기 생각 난 듯이

“뭐라고 했지요”

하며 일부러 큰소리로 묻는다. 그 술수에는 안 속는다.

“그 중은 조금 전에 만났어요”라며 지진에 흔들거리는 연못
처럼 태연하고 원만한 동작을 과시한다.

“관해사의 주지스님을요. 뚱뚱하시지오”

“서양화로 후수마에 그림을 그려달라고요. 선승(禪僧)이란
턱도 없는 소리를 하세요”

“그러니까 그렇게 살이 찌지요”

“그리고 또 한사람 젊은이를 만났어요”

“큐이찌”

“예 큐이찌 군입니다”

“잘도 아시네요”

“뭘요. 큐이찌 군만 알고 있지요. 그 외의 것은 아는 게 없어
요. 대화를 싫어하는 것 같았어요”

“무슨, 조심해서 그래요. 아직 어리니까……”

“어리다니, 당신과 같은 또래 아니예요”

“호호호 그래요. 그는 저의 사촌동생이예요. 이번에 전쟁에
나가는데 인사차 왔지요”

"이곳에 유숙하고 있어요?"

"아니요 본가에 있지요"

"그럼, 차를 마시려고 왔었군요"

"그는 녹차보다는 백비탕을 좋아하지요. 그만둬야 하는데 아버지가 오라고해서 오기는 왔는데 다리가 저리는 모양입니다. 내가 있었으면 중간에 보내 주었을 텐데……"

"당신은 어딜 다녀오셨어요. 스님이 궁금해 하시면서, 또 혼자서 산보 갔나 하고"

"예 〈거울연못〉쪽으로 돌아왔지요."

"그 〈거울연못〉에 나도 가보고 싶은데……"

"가보시지요"

"그림 그리는데 좋은 곳입니까"

"투신하기에 적당한 곳입니다"

"투신은 그렇게 쉬운 것이 아닙니다"

"나는 멀지 않아 투신할지도 몰라요."

여자로서는 너무나 지나친 농담이라 나는 얼굴을 들었다. 여자는 의외로 명확한 표정 이였다.

"내가 투신해서 떠올라 왔을 때-고통스럽게 허우적거릴 때가 아니고-편안하게 왕생했을 때 아름답게 그려주세요"

"뭐라고?"

"놀라고, 놀라고 또 놀랐어요"

여인은 훤칠하게 일어선다. 서너 걸음에 있는 거실 미닫이를 열면서 뒤돌아보고 생긋 웃었다. 망연하고 복잡하다.

十

〈거울연못〉에 가 보았다. 관해사(觀海寺)뒷길의 삼나무 숲에서 계곡으로 내려와서 건너편 산을 오르기 전에, 산길이 두 갈래로 갈라지는데 그 둑길이〈거울연못〉을 자연스럽게 둘러 쌓고 있었다.

연못 둑에는 조릿대가 밀생하고 있다. 어떤 곳은 조릿대가 이중삼중으로 엉켜져서 지나가면 소리가 난다.

나무 사이로 연못 수면은 보이기는 하나, 어디서 시작해서 어디서 끝이 나는지 일단 돌아보지 않고는 짐작할 수가 없다. 걸어서 돌아보니 의외로 자그마하다.

약 3정(三丁, 약 300m)을 넘지 않는 정도다. 그러나 모양은 대단히 불규칙하며 곳곳에는 자연 암석이 가로놓여 있었다. 연못의 둑도, 연못형태처럼 그 높낮이가 불규칙 하였다.

연못의 주위에는, 잡목 숲이라 몇 백 그루나 되는지 알 수 가 없다. 개중에는 아직 새눈이 트지 않는 것도 있다. 나뭇가지가 성긴 곳은 의연하게 화창한 봄볕을 받아 잡초는 새순이 싹트고 있었다. 제비꽃 그림자가 슬쩍슬쩍 보이기도 한다.

서양에서는 제비꽃을 〈천래의 기상(奇想)한 모습〉이라는 모습으로 그리는데, 일본의 제비꽃은 졸고 있는 느낌이다.

이 생각 저 생각하는 사이에 걸음을 멈췄다. 다리가 멈춰지면 싫증이 날 때 까지 그 자리에서 버티는 버릇이 있다. 한자리에서 있을 수 있다는 것은 행복한 사람이다. 만일 동경에서 그런 식으로 하다가는 전차에 치어 죽거나 경관에게 쫓겨날 것이 뻔하다. 대체로 도시는, 태평한 시민과 거지를 홍동하고 소매치기의 두목인 형사들에게 많은 월급을 지불하는 곳이다.

나는 풀밭을 방석삼아 주저 앉는다. 이런 자리 같으면 한 5~6일 이대로 죽치고 있어도 그 누구도 시비를 걸 사람은 없을 것이다. 대자연이 내리는 고마운 은총으로 이러한 공간도 있을 수 있구나.

천재지변은 용서도 미련도 없고 그러나 인간을 차별하거나 취급하는 경박한 태도도 절대없다. 이와사키(岩崎)나 미쓰이(三井, 대재벌)를 안중에도 없이 무시하는 사람은 얼마든지 있다. 냉연(冷然)하게 고금제왕의 권위를 무시할 수 있는 것은 자연 뿐이다. 대자연의 덕(德)은, 속세를 초월해서 절대의 평등관을 무한대로 수립하고 있다. 우리는 천하의 비소한 인간들을 상대하다가 불의망은(不義忘恩)하는 타이몬(Timon, 5세기, 그리스)의 비극을 초래할 것이 아니라, 난과 향초를 온 들에 심고 그 뒤뜰에서 기거하는 것이 득책일 것이다.

어쩐지 생각이 이치만 따지는 것 같아 보잘 것이 없다. 이따위 중학정도의 상념을 다듬으려고 일부러〈거울연못〉까지 온 것은 아니지 않나.

소매 자락에서 담배를 꺼내 성냥을 긁는다. 손 느낌은 있었지만 불꽃은 안 보인다. 시키시마(담배)에 불을 붙여서 빨아보니 콧구멍에서 연기가 나온다. 과연 성냥불은 짧은 잡초 속에서 가느다란 연기를 피어 올리면서 금방 꺼져 버린다.

자리를 끌고 물가로 나가 본다. 다리를 뻗어서 발을 물에 담글 수 있는 거리에서 정지한다. 물속을 들여다 본다.

눈에 보이는 곳은 그다지 깊지는 않다. 연못 바닥에는 가느다란 수초가 체념한 것처럼 가라 앉아 있다. 나로서는 체념이라고 표현할 뿐 달리 형용하는 말을 모른다.

명색이 수초라면 유혹하는 물결의 정리를 기다려야지. 백년을 기다려도 움직일 기색도 없다.

연못 바닥에 침잠한 이 수초는, 움직여 보려고 모든 자세를 정비해서, 밤낮으로 물결이 흔들어 주는 날을 기다리며 살고 있는데, 기다리며 밤을 새우고, 몇 대(代)의 염원을 잎 끝에 간직하면서 오늘까지 움직이지 못한 채, 그렇다고 죽지도 못하고 명맥만 움켜쥐고 있는 것 같다.

나는 일어나서 풀숲에서 돌멩이를 두 개 주웠다. 무슨 공덕이라도 될까 해서 바로 눈앞에 던져 주었다. 뽀글뽀글 큰 거품이 두 개 솟아 올랐다가 곧 사라진다. 곧 사라진다고 마음 속으로 몇 번이고 중얼거린다.

물속을 비추어 보면 세 줄기의 긴 머리카락이 어쩐지 나른하게 흔들리기 시작한다. 들키면 어쩌나 하는 듯이 흙탕물이 덮어주려고 바닥에서 올라온다.

南無阿彌陀佛 나무아미타불

이번에는 마음먹고 있는 힘을 다해서 연못 한 가운데를 보고 던졌다.

포그락 하고 어렴풋한 소리가 들린다. 조용한 것은 아예 상대를 하지 않는다.

이제는 던지는 흥미도 없어졌다. 화구는 그냥 두고 오른쪽으로 돌아간다.

10m정도 급경사를 오른다. 머리 위는 거목들이 꽉 들어차서 갑자기 한기가 든다. 건너편 언덕 어두컴컴한 곳에는 동백꽃이 피어있다.

동백의 잎사귀는 녹색이 너무 짙어서, 한낮에 보거나 양지서 보거나 경쾌한 느낌이라고는 없다. 특히 이 동백은 바위 뒤쪽 깊숙한 곳에 있어 꽃이 없으면 무엇이 있는지 알 수 없는 곳에 있다. 정적(靜寂)이 감돌고 있다. 그 꽃은!

하루 종일 헤아려도 헤아릴 수 없이 많다. 그러나 집중해서 보면 기필코 계산해보고 싶은 산뜻한 꽃이다. 그냥 산뜻한 느낌이 있을 뿐이지 결코 명랑하고 쾌활한 느낌은 없다. 픽하고 불 붙으면 타오를 것 같은 꽃. 무심코 정신을 뺏기자 그 다음은 공포가 엄습한다. 저것처럼 사람을 속이는 꽃도 없다.

나는 심산동백(深山冬栢)을 볼 때 마다 항상 요녀(妖女)의 모습을 연상한다.

검은 눈동자로 사람을 유인해 놓고 무의식중에 요염한 미소와 독소를 혈관 속으로 불어넣는다.

속았다고 정신 차렸을 때는 이미 늦었다는 것이다. 건너편 동백이 눈에 들어 왔을 때, 나는 안볼 것을 본 것 같이 후회하였다. 저 꽃의 색채는 그냥 단순한 적색이 아니다.

눈이 삼삼할 정도로 화려한 색채의 심오함 속에는 말로 표현할 수 없는 차분한 곡조(曲調)를 가지고 있다. 쓸쓸하게 비에 젖은 배꽃은 가련함을 느낀다. 차가운 달밤에 요염한 해당화는 다만 사랑스런 마음이 든다.

동백꽃의 착 가라앉은 모습과는 전혀 정취가 다르다. 거무스름하고 독기가 있고 무서운 분위기를 품고 있는 꽃이다.

이러한 곡조를 바닥에 깔아 놓고, 표면은 어디까지나 화려하게 분장을 하고 있다. 그렇다고 사람에게 교태를 부리는 것도 아니며, 특별히 사람을 청하는 것도 없다. 일시에 피었다가 투덕하고 떨어지고, 투덕하고 떨어지는 일시에 피어나면서, 기백년의 성상(星霜)을 인적이 없는 산그늘에서 차분하게 살고 있다. 단지 한번 봤다하면 그게 바로 최후! 만나본 사람은 절대로 사면(赦免)을 받을 수 없다. 그 색채는 그냥 보통의 적색이 아니다.

수인(囚人)이 흘린 피를 스스로 끌고 와서, 스스로 사람들의 심정을 불쾌하게 하는 것처럼 일종의 이상한 붉은 적색 이다.

멍하니 보고 있는데 투덕 하고 붉은 놈이 물위에 떨어진다. 조용한 봄날에 움직이는 물체는 단지 이 동백꽃 한 송이 뿐이다. 한참 있으니 또 투덕 하고 떨어진다.

저 꽃은 결코 꽃잎이 하늘하늘 휘날리며 지는 법이 없다. 무너진다기 보다는 덩어리 채 가지에서 떨어진다. 가지에서 떨어질 때는 한 번에 떨어지는 것을 보면 미련이 없어 보이지만, 떨어지고도 덩어리 채 그대로 있는 것을 보면 어쩐지 독살스럽다. 또 투덕 하고 떨어진다. 저렇게 떨어지는 동백꽃으로 연못물은 온통 붉게 물들지 않을까 생각이 든다.

동백꽃이 조용히 떠있는 그곳은 지금 봐도 약간 붉게 보인다. 또 떨어진다.

땅에 떨어졌는지 물에 떨어졌는지 구별할 수 없을 만큼 조용히 떠있다.

또 떨어진다. 저것이 가라앉는 경우도 있을까하고 생각해 본다.

연연 세세(年年歲歲)떨어질 대로 떨어진 기만송이 동백꽃은, 연못에 담아졌다가 색채가 녹아내리고 빚어내고해서 진흙이 되어 드디어 바닥에 가라앉는 것일까. 기 천년 후에는 이 옛날 연못은 사람들 몰래 떨어진 동백대문에 메워져서 원래의 평지로 되돌아갈지도 모를 일이다.

또 하나 큰 송이가 피를 뿌리고 영혼덩이 같이 떨어진다. 또 떨어진다. 투덕투덕 떨어진다. 한정도 없이 떨어진다.

이런 연못에 아름다운 여인이 떠있는 것을 그린다면 어떨까 생각하면서 처음 자리에 돌아와, 또 담배를 피면서 생각에 잠긴다.

온천장 오나미상(御那美)이 어제 농담으로 던진 말이, 큰 파도를 치며 내 기억 속으로 밀려온다. 마음은 큰 파도를 탄 한 장의 판자처럼 흔들리고 있다.

그의 얼굴을 주제로 하고, 저 동백아래 띄워 놓고 위에서 동백꽃을 몇 송이라도 떨어트리게 한다. 동백꽃은 영원히 떨어지고, 여인은 영원히 물에 떠있는 느낌을 표현하고 싶은데 그것을 그려낼 수 있을까.

그 라오콘(神話.아폴로신전의 司祭)에게는- 반하지 않았지만 아무튼 그러한 감정이 표현만 되면 그만이다. 그러나 인간에게서 격리 되지 않고, 인간이상의 영원성을 표현한다는 것은 쉬운 일은 아니다. 첫째는 얼굴이 문제다. 그의 얼굴을 빌린다 해도 그 표정으로는 곤란하다. 고통이 승리하면 모든 것은 파괴되어 버린다.

그렇다고 터무니없이 낙천적이라면 더욱 곤란하다. 아예 다른 얼굴을 쓰면 어떨까. 저것이냐 이것이냐 손꼽아봤으나 신통한 수가 떠오르지 않는다.

결국은 그래도 오미나상 얼굴이 가장 어울릴 것 같다. 그러나 어쩐지 좀 허전하다. 허전하다는 것은 알겠는데 어디가 미흡하다는 것인지 나 자신도 알 수 가 없다. 따라서 나 자신의 상상으로 적당히 그릴 수 밖에 없는 것이다.

그 얼굴에 질투를 보태면 어떻게 될까. 아니 질투는 불안감을 불러올 것이 틀림 없겠지. 그렇다면 증오는 어떨까. 증오는 너무 과격하지. 분노? 분노는 전혀 모든 조화를 깨버릴 것이다. 원한? 원한이라도 춘한(春恨)이나 춘수(春愁)같은 시적(詩的)이라면 모를까, 단지 원한이라면 너무 속기(俗氣)가 많다.

이런저런 생각 끝에 결국에는 이것이다 하고 결정한 것은 연민이다. 그 많은 정서 중에서 연민(憐憫)이란 어구를 망각하고 있었다. 연민은 신도 모르는 정(情)이며, 그리고 신에게 가장 가깝게 접근할 수 있는 인간의 정이다. 오미나상의 표정 중에는 이 연민의 정념(情念)은 없어 보였다. 이점이 미흡하다는 것이다. 어떤 순간적인 충동으로 이 정념이 그의 미우(眉宇)에 뻔쩍하는 순간에 나의 작품은 성취할 것이다. 그러나-언제 그 것을 볼 수 있을지는 알 수가 없다.

그 여인의 얼굴에 평소 충만하고 있는 것은, 사람을 깔보는 엷은 미소와, 이겨야지하며 초조할 때 만드는 八자주름 뿐이다. 그것 만으로는 도저히 쓸모가 없다.

버스럭 버스럭 발자국 소리가 난다. 가슴으로 그리던 화상(畵想)은 三분지 二로서 무너지고 말았다. 이때 통소매 작업복을 입은 장작을 짊어진 나무꾼이 조릿대를 헤치며 관해사 쪽으로 건너온다. 옆 산에서 내려오는 모양 같다.

"좋은 날씨입니다" 머리 수건을 풀고 인사를 한다. 허리를 굽히는 순간 손도끼의 날이 뻔쩍하고 빛났다. 사십쯤 되는 다부지게 생긴 사내였다. 어디에서 본 듯하다. 사내는 오랜 구면처럼 얘기를 시작한다.

"나리도 그림을 하십니까요"

"그래. 이 연못이라도 그려볼까 하고 오기는 왔는데, 쓸쓸한 곳이네 아무도 지나가는 사람도 없어"

"예예, 첩첩산중입니다요……나리는 그날 산 고개서 큰비를 만나 고생 하셨지요"

"그래 그렇다면 자네는 그때 그 마고상(마부겸 머슴)인가"

"예, 이런 식으로 장작을 마련해서 시내로 나가지요" 하며 장작 짐을 내리고 걸터 앉는다. 담배주머니를 꺼낸다. 나는 성냥을 빌려준다.

"그런 산 고개를 매일같이 넘나들면 대단한 고역이지"

"별로……습관이 되서요-매일 가는 것은 아닙니다. 3일에 한번, 어떨 때는 4일에 한번 입니다요"

"4일에 한번이라도 나는 싫어"

"어허허허. 말(馬)들이 가엾어서 四일쯤으로 해 둡시다요"

"그건 그렇고. 자네 몸보다 말을 더 소중히 하는가보네 허허허"

"그렇지도 않습니다요……"

"그런데 이 연못은 오래된 것인가. 본데, 언제쯤 생긴 것인가"

"옛날부터 있었던 것 입니다요"

"옛날부터라? 글세 그 옛날이 언제인가? "

"모르기는 해도 아주 오랜 옛날부터입니다요"

"아주 오랜 옛날이라. 과연"

"어쨌든 그 옛날에 시호다(志保田)아가씨가 투신할 때부터 있었답니다"

"시호다라면 저 온천장 말인가"

"예예"

"아가씨가 투신을 하다니, 아니 오늘도 팔팔하게 활동하고 있는데"

"아닙니다요. 그 아가씨가 아니고. 한참 옛날 아가씨 말씀입니다"

"아주 옛날 아가씨라고. 그것은 언제 얘긴가"

"모르기는 해도, 아주 먼 옛날의 아가씨래요"

"그 옛날 아가씨는 무엇 때문에 또 투신을 했단 말인가"

"그 아가씨 역시 지금 아가씨처럼 아름다운 아가씨 였대요"

"그래"

"그런데 어느 날, 한 보론지(梵論字)스님이 동냥을 청했는데……"

"보론지 라면 허무승(虛無僧,普化宗)말인가"

"예. 그 왜 통수를 부는 허무승 말씀이죠. 그 허무승이 시호다 촌장 댁에 체류하고 있을 때 저 아름다운 아가씨가 첫눈에 반해서-인과라고나 할까요, 어떤 일이 있어도 같이 살겠다고 울고불고 했지요"

"울었다. 그래요"

"그런데 촌장님께서는 절대로 허락을 않으시고, 허무승을 사위로 들일 수 없다고 해서 끝내 추방해 버렸어요"

"그 허무승을 말이지"

"그래서 아가씨가 허무승 뒤를 따라 이곳까지 와서-저 건너편에 보이는 큰 소나무 아래서, 몸을 던져-끝내 큰 소동이 벌어 졌어요. 그때 무슨 거울을 가지고 있었다고 전해지고 있어요. 그래서 이 연못을 〈거울연못〉이라고 부르고 있지요"

"허허. 그렇다면 벌써 몸을 던진 사람이 있었단 말이지"

"대단히 괴상한 사건입니다요"

"그건 몇 대쯤 전의 얘긴가"

"아마도 아주 옛날 이야기래요. 그런데-이 말씀은, 이 자리에서만 듣고 버리세요 나리"

"뭔데 그래"

"저 시호다 집안은, 대대로 광인이 나와요"

"뭐라고"

"전적으로 응보라고 해요. 지금 아가씨도 요즘 이상하다고 수근 대고 있어요.

"어허허허 그런 일은 있을 수 없지"

"문제 없을까요. 그러나 모친께서 역시 좀 이상 했어요"

"댁에 계시나"

"아니오, 작년에 돌아 가셨지요"

"음"하며 내가 버린 담배꽁초에서 가느다란 연기가 피어오르는 것을 보면서 입을 다물었다. 겐베에(源兵衛, 마부)는 장작을 지고 길을 떠났다.

그림을 그리기 위해 여기까지 와서 잡다한 생각이나 하고 터무니 없는 얘기나 듣고 있다가는, 몇 날 며칠 지내 봐야 작품 한 장 그리는 것도 어림도 없지. 모처럼 화구(畵具)까지 메고 온 이상, 오늘은 체면치레라 할 지라도 밑그림은 떠가지고 가야지.

다행이 건너편 경치는 그런대로 거의 정리가 되었다. 저쪽도 변명을 재료삼아 그려보자고.

연못에는 10m쯤 되는 청 흑색바위가 바닥에서 돌출되었고, 짙은 연못물이 꺾어지는 모서리에는 높은 암벽이 이루어져 있는데, 그 정상에서 수면까지는 조릿대가 빈틈없이 덤불을 형성하고 있다.

암벽 정상에는 서너 아름되는 큰 노송이 담쟁이 덩굴에게 휘감긴 밑둥치를, 비스듬이 비틀어서 반 이상은 수면 쪽으로 내밀고 있다. 거울을 간직한 여인은 저 암벽위에서 몸을 던졌을 것이다.

이젤에 앉아서 화면에 넣을 대상을 검토한다. 노송과 조릿대와 암벽과 연못수면인데, 자 이 수면을 어디에서 끊어야 할지 결심을 할 수 없다. 암벽높이가 10m라고하면 그림자도 10m는 될 것이다. 조릿대는 물가 뿐만 아니라 연못 속까지 촘촘하게 무성하다. 노송은 하늘 높이 솟아올라도, 시야에는 다 들어오는데 이 그림자 대단히 길다. 눈에 보이는 길이를 그대로는 도저히 수용할 수가 없다. 이를 바에야 차라리 실경은 그만두고 영상(影像)만 가지고 표현해 보는 것도 흥미가 있을 것 같다.

수면을 그리고 물속의 그림자를 그리고, 이것이 그림이라고 한다면 사람들은 놀랄 것이다. 그러나 놀라게 하는 것 만으로는 재미가 없다. 제대로 된 그림을 가지고 놀라게 해야 할 것 아닌가. 화상(畵想)을 정리하려고 연못을 응시한다.

이상한 것이 그림자만 보고 있으면 그림이 떠오르지 않는다. 실경(實景)을 비교해가며 구상을 해보기로 한다. 나는 수면에서 시작해서 서서히 시선을 상방으로 옮겨 본다. 10미터높이의 암벽 그림자 끝에서 수면을 따라 물가의 이음새에 도달한다. 그리고 수면과 암벽경계에서 암벽을 오르기 시작한다. 연못에서 윤택한 기운을 얻고 암벽에 부조(浮彫)된 준추(皴皺,주름)를 음미하면서 타고 오른다. 드디어 암벽 꼭대기에 도달했을 때, 나는 뱀이 노려보는 두꺼비처럼 깜짝 놀라 화필을 떨어트린다.

신록사이로 비추는 석양을 배경으로 만춘의 낙조가 암벽을 청흑색으로 물들이는데, 초연(楚然)하게 엮어내는 여인의 얼굴은,– 해당화 꽃 아래서 나를 놀라게 하고, 환상(幻想)속에서 나를 놀라게 하고, 후리소테 활옷으로 나를 놀라게 하고, 온천욕실에서 나를 놀라게 한 그 여인의 얼굴이었다.

나의 시선은, 창백한 여인의 얼굴 한가운데에 못을 박은 채 꼼짝도 못한다.

여인도 나긋한 몸매를 뻗어 올릴대로 올려서, 높은 암벽위에서 미동도 하지 않고 서있다. 이 한 찰나!

나는 반사적으로 튀어오른다. 여인은 훌쩍 몸을 비틀었다. 허리띠에서 동백꽃처럼 붉은 것이 휘날리더니 어느새 저쪽으로 뛰어 내렸다. 낙조는 우듬지를 스치고 노송의 밑둥치를 물 들인다. 조릿대는 점점 청색이 짙어간다. 나는 또 놀랐다.

十一

    산촌의 으스름달을 따라서 한가로이 거닐어 본다. 관해사(觀海寺)의 돌계단을 오르면서 仰數春星一二三(〈하늘을 우러러 봄별을 헤아려보네 하나 둘 셋〉)이란 한 구절을 얻었다. 나는 특별히 주지스님을 만날 용건은 없었다. 만나서 잡담을 할 생각도 없었다. 우연하게 숙소를 나와 발끝 가는대로 어슬렁 거리는 사이에 무심코 석등 아래까지 와버렸다.

    한참동안 不許葷酒入山門(〈향채와 술은 산문출입을 금함〉)이란 석주를 만지며 서 있다가, 갑자기 기분이 좋아 산을 오르기로 했다.

    트리스트램 샌디(TristramShandy, 영국소설)라는 소설에, 신의 뜻을 따라 저술된 책은 없을 것'이라는 내용이 있다.

최초의 첫 구절은 어찌되었든 간에 작가 자신이 스스로 쓴다. 그러나 그다음 구절부터는, 오로지 신에게 기원하면서 붓 가는대로 맡긴다. 무엇을 쓸 것인가는 물론 어림짐작도 할 수가 없다. 쓰는 사람은 자기 자신이기는 하나, 쓰는 내용은 전적으로 신의 소관이다. 따라서 책임은 저자에게는 없다는 것이다.

나의 산책도 또한 이런 양식을 따르고 있는 것을 보면 무책임한 산보이다. 다만 신에게 부탁하지 않는 것이 무책임한 것이다. 스턴(Sterne, 영국소설가)은 자기의 책임을 모면하는 동시에 이를 재천의 신에게 전가 하였으나, 맡아줄 신이 없는 나로서는 하는 수 없어 이것을 하수구에 버릴 수 밖에 없다.

돌계단을 오를 때도 애써 오를 생각은

없다. 한 계단 오르고 서성거리면 어쩐지 유쾌한 기분이 든다. 그래서 두 계단을 오른다. 두 계단에 오르면 시상(詩想)이 떠오른다. 묵연(黙然,생각에 잠겨)히 내 그림자를 바라본다. 각이 진 돌 때문에 가려져서 三단으로 절단된 모습은 묘하다.

묘하니까 다시 오른다. 우러러 하늘을 본다. 흐릿하고 깊숙한 안쪽에서 작은 싸라기 별들이 깜박이고 있다. 시구가 될까 하고 또 올라간다. 그리하여 나는 결국 최상단까지 올랐다.

돌계단 위에서 지난날을 회상한다. 옛날 가마쿠라에 갔을 때, 소위 오산(伍山, 오대사찰)순례를 했던 곳이 원각사의 소사

원에서였다. 대체로 비슷한 돌계단을 느릿느릿 올라가는데, 문 안쪽에서 노란 승복을 입은 머리통이 넓적한 중이 나왔다. 나는 올라가고 중은 내려가는데, 스쳐 지나가면서 예리한 목소리로 어디를 가느냐고 묻는다. 나는 경내구경 이라고 하면서 멈춰 서는데, 중은 그저 아무것도 없다면서 성큼성큼 내려갔다. 그의 거침없는 대응에, 나는 선수를 빼앗긴 기분으로 단상에서 그들을 전송하는데, 큰 머리통을 흔들어대며 삼나무숲 속으로 사라졌다. 그동안 한 번도 뒤돌아 보는 법이 없다. 역시선승(禪僧)은 재미있다. 시원시원하다고 생각하면서 어슬렁어슬렁 산문을 들어서니 본당은 텅 비어 있고 사람은 그림자도 없다. 나는 그때 마음속으로 기뻤다. 세상에는 이렇게 산뜻하고 시원시원하게 대해주는 곳이 남아 있다는 것을 생각하니 기분이 청명해지고 개운하다.

선(禪)을 알고 있다는 것은 아니다. 선종(禪宗)의 선자도 나는 모른다. 다만 오늘 만난 머리통이 큰 중의 행동거지가 마음에 들 뿐이다.

세상은 집요하다. 독살스럽다. 여유가 없고 답답하고, 거기에다가 뻔뻔스럽고, 보기 싫은 놈들이 득실거린다.

애시 당초 무엇 때문에 이 세상에 얼굴을 내밀고 있는지 알 수 없는 인간들도 있다. 고달픈 세상바람을 많이 맞은 넓은 얼굴을 아주 큰 명예처럼 간직하고 산다.

5년이나 10년이나 남의 뒤꽁무니에 탐정을 붙여서, 사람이 뀌는 방귀를 계산하는 것을 세상에서 할 일이라고 생각한다. 그리하여 너는 방귀를 몇 개 뀌었다 몇 개 뀌었다고 부탁한 일도 없는데 터트린다. 정면에 나와서 말해주면 혹시 참고라도 하겠는데, 뒤로 돌아 가서 너는 방귀를 몇 개 뀌었다고 말한다. 귀찮게 굴지마 라고하면 한술 더 뜬다. 그만두라고 하면 점점 더 괴롭힌다.

알았다고 해도 방귀를 몇 개 뀌었다 뀌었다하고 다닌다. 그런 식으로 하는 것이 그들의 처세 방침이라고 한다.

방침은 사람마다 다르다. 다만 뀌었다 떠들지 말고 조용히 방침을 세우는 것이 좋을 것이다. 타인에게 폐가되는 방침은 삼가는 것이 예의다. 폐를 끼쳐야 방침이 선다면 하는 수 없이 이쪽도 방귀를 열심이 뀌어서 방침을 세울 수 밖에 없다. 만약 그렇게 된다면 일본의 장래도 운명도 뻔하다.

이리하여 아름다운 봄날 밤에 아무런 방침도 없이 걸어 다니는 것은 참으로 고상하다. 흥취를 만나면 흥취를 방침하고, 흥취가 가버리면 흥취와의 이별을 방침하면 될 것이다. 시구(詩句)를 얻었으면 얻었음으로 해서 방침이 서고, 얻지 못했으면 얻지 못한 대로 방침이 서는 것이다. 그러고도 그 누구에게도 폐를 끼친 일이 없다. 이것이 바로 진정한 방침이다.

남의 방귀를 계산하는 것은 인신공격용 방침이고, 방귀를 뀌는 것은 정당방어용 방침인데, 이렇게 관해사 절 계단을 오르는 것은 隨緣放曠(수연방광,〈자유분방〉)한 방침이다.

仰數春星一二三(〈우러러 봄별을 헤아려보네 한 둘 셋〉)의 시구를 얻고 돌계단을 다 오르니 봄 바다가 아스라하게 허리띠처럼 보인다. 산문으로 들어간다. 구절은 완성할 생각이 없다. 즉석에서 그만두기로 방침을 세운다. 주지거실로 통하는 포석(鋪石)길 우측에는 철쭉울타리, 울타리 저쪽은 묘지가 있다. 왼쪽은 본당이다. 높다란 지붕 기와는 희미하게 빛이 난다.

수 만개의 기왓장에 수만 개의 달이 떨어진 것 같아서 올려다 본다. 어디선가 비둘기 소리가 계속 쿠굴쿠굴 거린다. 지붕 밑에 살고 있는지도 모른다. 기분 탓인지 추녀근처에 하얀 좁쌀 같은 것이 점점이 보이는데 배설물인지도 모른다.

낙수물받이가 있는 곳에 묘한 그림자가 한 줄로 서있다. 나무도 아니고 물론 풀도 아니다. 가까이 가서보니 七八척(尺)높이의 선인장(仙人掌)이였다.

수세미만한 오이를 거꾸로 이어져, 오늘 밤에라도 채양을 뚫고 지붕 위까지 성장할 기세였다. 길다란 오이처럼 포개진 성인장의 마디와 마디의 성장 과정은,

오랜 시일을 두고 서서히 육성된 것이 아니라 무슨 벽돌을 쌓아올리듯 특이한 느낌을 주는 웃기는 나무다. 그렇게 시치미를 뚝 뗀다.

'부처가 무엇이냐'고 묻자 '마당 앞에 떡갈나무'라고 대답한 스님이 있었다고 하는데, 나 같으면 무조건 '달빛 아래 선인장 나무'라고 대답했을 것이다.

소년 시절에 조보지(晁補之,송대의시인)의 기행문중 한 구절을 기억하고 있다.

때는 九월 하늘은 높고 이슬은 맑아, 산은 공허하고, 달은 밝고, 성두(星斗)는 낭만하게 빛나고, 우연하게 사람위에 군림한 느낌이구나.

창을 열면 죽림이고, 바람이 일면 죽간(竹竿)끼리 비벼대는 소리가 절절하구나. 죽림 속에 매화와 종려가 뒤섞여서 마치 난발한 도깨비 같네. 아이들을 거둬주고, 정감을 진정할 수 없어 이 밤을 하얗게 새우네

하고 또 한번 더 외우고는 무심코 그만 웃었다.

이 거대한 선인장도 때와 경우에 따라서는 나의 정감을 뒤흔들어 놓고는 산 아래로 추방했을 것이다. 가시를 만져 보면 따끔따끔 손가락을 찌른다.

포석 길을 다 가서 좌측으로 꺾으면 주지주거가 있다. 거실 앞 뜰에는 아름드리 목련(木蓮)거목이 서 있었다. 높이는 거실

지붕을 능가할 만하다. 올려다보니 머리 위는 나무 가지다. 가지위에 또 가지가 있다. 그리하여 가지가 이중삼중으로 포개진 가지위에는 달이 걸려 있었다. 보통 나무들은 가지가 저렇게 포개지면 그 아래서는 하늘을 볼 수가 없다. 꽃이 피면 더욱 안 보인다. 그러나 목련은, 아무리 겹쳐지고 포개져도 가지와 가지 사이는 명쾌하게 비어있다. 목련은, 결코 나무아래 서있는 사람의 눈을 어지럽히는 잔가지를 얽어매지 않는다. 꽃마저 환하고 밝다.

멀리 아래쪽에서 봐도 한 송이 한 송이의 윤곽은 명백하다. 그 한 송이가 어디까지 떼를 지어 피어 있는지 알 수가 없다. 그래도 한 송이는 끝가지 한 송이 그대로이며, 송이와 송이사이로 파란 하늘을 볼 수 있다.

목련 꽃 빛깔은 물론 순백(純白)은 아니다. 지나친 순백색은 너무 차갑다. 한결같은 백색은 사람의 시선을 빼앗는 술수를 부린다. 목련의 빛깔은 그게 아니다.

과도한 흰색을 일부러 피하고 온화한 담황색(淡黃色)으로 스스로 자태를 낮추어서 겸손하다. 나는 이 얌전한 꽃이 겹겹이 쌓여 지붕을 덮고 있는 양상을 보면서 한동안 망연히 서 있었다.

눈에 보이는 것은 꽃송이 뿐이다. 잎사귀는 한 장도 없다.

라고 시구를 떠올렸다. 어디선가 비둘기가 구굴거리며 다정하게 울고 있었다.

주지 거실 쪽으로 들어간다. 고리(庫裏,주지거처)는 완전히 개방 되었다. 도둑이 없는 지역이라 개짓는 소리도 없다.

"실례 합니다"

적막한 것이 대답이 없다.

"안에 계세요?"

하며 안내를 청한다. 비둘기가 구구굴 거린다.

"부탁 합니다" 이번에는 큰소리로 외쳐 본다.

"오오오오"하며 먼 곳에서 대답하는 소리가 들린다. 방문하는 집에서 이런 식의 대답을 듣기는 이번이 처음이다. 이윽고 복도에서 발소리가 나고 촛불 그림자가 칸막이 뒤쪽에 다가오더니 사미승(沙彌僧,꼬마중)료넨(了念)이 튀어나온다.

"주지스님 계시는가"

"계세요. 무엇 때문에 오셨어요"

"온천장에 있는 화가가 왔다고 전해줘요"

"화가세요. 들어오세요"

"전달하지 않아도 좋은가"

"상관 없습니다"

나는 게타(下駄나막신)를 벗고 올라갔다.

"예의 범절이 형편없는 화가네요"

"그건 왜"

"게타를 가지런히 하세요. 이봐요 이게 안보여요" 촛불을 비춰준다. 검은 기둥 한가운데쯤에 반지 사분의 일 크기에 뭔가 적혀있다.

"보았지. 발아래를 잘 보라고 써있지요"

"정말" 나는 내 게타를 가지런히 정돈했다.

주지스님 거처는, 복도를 가다가 ㄱ자로 꺾으면 본당 바로 옆에 있었다. 미닫이를 공손히 열고 문턱을 넘어가니 납죽 엎드린 꼬마중이,

"저 시호다에서 화가가 오셨습니다요" 라고 고한다. 대단히 황송하다는 모양새가 좀 우스꽝스러웠다.

"그래, 이쪽으로"

나는 꼬마중하고 자리를 교체한다. 거실은 비좁다. 한가운데에 이로리(圍爐裏,난방화로)가 있고 쇠 주전자는 물 끓는 소리를 내고 있었다. 스님은 저쪽에서 독서를 하고 있었다.

"어서 이쪽으로" 하며 안경을 벗고 서책을 구석으로 밀친다.

"료넨 료-넨"

"예예-예"

"방석을 드리야지"

"예예예-예" 료넨은 먼 곳에서 긴대답을 한다"

"잘 오셨오. 많이 심심하시지요"

"달이 너무 좋아서 어슬렁어슬렁 걸었습니다"

"좋은 달이군"하며 미닫이를 연다. 징검돌(飛石) 두개와 소나무 한 그루가 전부인 풍경이다. 뜰 저쪽은 낭떠러지로 되어 있어서인지 눈 아래는 바로 아련한 바다가 전개되었다.

갑자기 마음이 광대해지는 기분이 들었다. 고기잡이 횃불이 이곳저곳에서 깜박이다가 멀리 수평선이 끝나면 하늘로 올라가서 별들이 되었는지.

"이것은 훌륭한 풍경입니다. 미닫이를 닫아 놓고 있기에는 너무 아깝습니다"

"그래요. 그러나 밤마다 볼 수 있는걸"

"이 풍경은 며칠 밤을 두고 봐도 좋습니다. 나같으면 자지 않고 보겠어요"

"허허허허. 뭐니 해도 당신은 화가야, 나하고는 좀 다르지"

"스님께서도 아름답다고 느낄 동안은 화가입니다"

"정말이야. 그건 그렇지 나도 달마그림은 가끔 그리고 있지. 저 족자는 선대가 그린 것인데 좋은 그림이야"

정말 달마도가 토코노마(장식벽)에 걸려있다. 그러나 그림으로서는 형편없는 졸작이다. 다만 속기가 없다. 졸작을 은폐하려고 조작하는 곳이 없는 천진한 그림이다. 이 선대는 역시 그림처럼 대범한 분이었을 것이다.

　　"순진한 그림입니다"

　　"우리들이 그리는 그림은 그것으로 충분해요. 기상만 살아있다면……"

　　"기교가 좋으면서 속기가 있는 것보다, 이게 좋은 겁니다"

　　"허허허 그래요 그런데 최근에는 화가도 박사가 있나요"

　　"화가가 박사인 경우는 없어요"

　　"아 그래요, 지난번에 어떤 박사를 만났어요"

　　"그러세요"

　　"박사라 하면 대단하지요"

　　"예 대단하지요"

　　"화가 중에서도 박사가 나옴직 한데요, 왜 없을까요"

　　"그렇게 말씀하시면 스님들 중에서도 박사가 있어야 할 것 아닙니까"

　　"허허허 그래 그렇게 되나.-뭐라고 하는 사람인데-어딘가 명함이 있을 거예요……"

　　"어디서 만나셨는데요. 동경입니까"

"아니 여기서, 동경은 벌써 이십년이나 못 가봤어. 요즘에는 전차란 것도 나왔다면서, 한번쯤 타보고 싶기도 하고"

"형편없어요. 시끄럽기도 하고"

"그래요. 촉견(蜀犬)은 해를 보고 짖고, 오우(吳牛)는 달을 보고도 숨이 찬다는 옛말이 있듯이, 나 같은 시골뜨기는 오히려 곤란 하지요"

쇠 주전자는 김을 내뿜는다. 스님은 차기를 꺼내서 차를 부어준다.

"반차(番茶)라도 드십시다. 시호다댁 같은 고급차는 아니지만"

"아닙니다요"

"당신은 그런 식으로 사방을 다니는 모양인데 역시 그림을 그리기 위해선가요"

"예 화구는 준비하고 다닙니다만 그림을 그리지 않아도 상관 없어요"

"그래요 그림 놀이 반 장난 반인가요"

"글쎄요. 그렇다고 해도 좋습니다. 실은 방귀를 계산 당하는 것이 싫어서요"

과연 선승(禪僧)도 이 어구는 이해 못하는 눈치였다.

"방귀계산이라 무슨 말인가"

"동경에서 오래 살면 방귀계산을 당합니다"

"어째서"

"허허허허 계산 뿐이면 좋은데요. 남의 방귀를 가지고 분석을 해서, 항문이 삼각형이다 사각형이다 하고 쓸데없는 간섭을 합니다"

"뭐요 역시 위생관계 때문인가요"

"위생이 아니고 탐정입니다요"

"탐정? 역시 그럼 경찰이지. 대체로 경찰이다 순경이다 해서 무슨 소용인가요.

없으면 안 되나요"

"글쎄요. 화가에게는 필요가 없지요"

"나에게도 그렇다니까. 나는 아직 순경에게 신세진 일 없어요"

"그러시겠지요"

"그러나 아무리 경찰이라 할지라도 방귀를 계산한다고 해도 구릴 것이 없는데 어쩌란 말이요"

"방귀정도를 가지고 귀찮게 굴면 견디기 힘들지요"

"내가 사미승(沙彌僧,어린중)시절에 선대(先代,사부)께서 종종 훈계를 하셨다. 인간은 니혼바시(日本橋,다리) 한가운데서 내장을 끄집어 내는 한이 있어도 부끄러움이 없어야 수업을 쌓아 올렸다고 할 수 있어요. 당신도 수업을 하면 좋아질 것이며 정처없는 방랑 생활은 않아도 될 것이요"

"화가로서 정착이 되면 안정이 될 것입니다"

"그렇다면 화가가 되는 것이 상책이네요"

"방귀 계산을 당하면 그것도 쉽지 않습니다"

"허허허허. 이것보라고. 당신이 체류하고 있는 시호다의 오나미상도 출가했다가 실패하고, 복잡한 번민에 빠져 허우적거리다가 결국은 법문도 듣고 수양도 하고해서 요즘에는 사리분별이 건전한 여성이 되었어요"

"아하, 그래서 예사로운 여인이 아니라는 생각은 했지요"

"아니, 사물이나 문제의 핵심을 예리하게 지적하는 여인은- 우리 본당에서 수업하고 있던 젊은 중 태안이도 그 여자 때문에 결국 궁지에 몰리게 되었지-수업에 매진하면 좋은 승려가 될 것이요"

조용한 뜰에는 소나무 그림자가 떨어져 있다. 먼 바다는 달빛에 호응하듯 안하듯 겨우 희미한 빛을 내고 있었다. 고기잡이 어화(漁火)는 명멸하고 있었다.

"저 소나무 그림자 좀 봐요"

"아름다워요"

"그냥 아름다워"

"예"

"아름답기도 하고, 바람이 불어도 문제 없어요"

찻종에 남은 차를 마저 마시고 찻종을 쟁반에 엎어놓고 일어섰다.

"문까지 바래다주지. 료넨 손님 가신다"

전송을 받으며 거처를 나오는데 비둘기가 구굴구구하고 운다.

"비둘기 만큼 귀여운 것이 없어. 내가 손뼉을 치면 전부가 모여들지요. 불러볼까요"

달은 점점 밝아진다. 밤은 깊어 가는데 목련은 구름 같은 꽃송이를 하늘에 바치고 있다. 맑은 봄밤의 한가운데서 스님은 손뼉을 쳤다. 소리는 공중에서 사라지고 비둘기는 한 마리도 오지 않았다.

"내려와라. 내려 올텐데"

꼬마 중 료넨은 나를 쳐다 보고 웃었다. 주지는 비둘기 눈이 밤에도 보이는 것으로 알고 있다. 한가한 얘기다.

산문에서 두 분과 헤어졌다. 뒤돌아보니 큰 둥근 그림자와 작은 둥근 그림자가 포석 길을 앞서거니 뒤서거니 하면서 거처 쪽으로 사라져 갔다.

十二

오스카 와일드에 의하면 예술가의 자태를 최고로 갖춘 분은 그리스도라고 한다.

그리스도는 잠시 제쳐놓고, 관해사 주지스님 같은 분은 틀림없이 그러한 자격이 있다고 생각한다. 취미가 있다는 것도 아니고, 시류에 통한다는 것도 아니다.

그는 회화라고 할 수도 없는 달마족자를 걸어놓고 걸작이라고 으쓱거리고 있으며, 그는 또 화가도 박사가 있다고 확신하고 있다. 그는 비둘기도 야간에 물체를 볼 수 있고 활동한다고 믿고 있다. 그런데도 불구하고 예술가의 자격이 있다.

그의 마음속에는 밑이 뚫어진 보자기처럼 아무것도 남아있는 것이 없다.

어느 곳이든 다닐 수 있고, 마음대로 처리해서 티끌만한 것도 뱃속에 침전한 것이 없다.

만약 그의 뇌리에 한 점의 취미를 간직하고 있었다면, 그는 가는 곳 마다 동화해서 일상생활에서도 완전한 예술가로서 존재할 수 있을 것이다.

나 같은 존재는. 탐정에게 방귀를 계산당하는 동안은 도저히 화가는 될 수 가 없다. 화판을 마주 대할 수는 있다. 팔레트를 잡을 수도 있다. 그러나 화가는 될 수 없다. 이리하여 이름도 모르는 산촌에 와서 해 저무는 춘색 속에 작달막한 이 몸을 묻어버리고, 비로소 진실한 예술가로서의 경지를 얻을 수 있을 것이다.

일단 이경지에 들어서면 미의 천하는 넉넉히 잡을 수 있다. 비록 비단에 그림을 그리지 않아도 나는 일류 화가이다.

기(技)에 있어서는 미켈란젤로에 미치지 못하고, 교(巧)에 있어서는 라파엘에게 자리를 양보하는 한이 있을지라도, 예술가로서의 인격은 고금의 대가와 관록과 보무를 같이 할 것이며 추호도 겸손하지 않을 것이다.

나는 이 온천장에 와서 아직 한 장도 그림을 그리지 못했다. 화구(畵具)들은 그저 취흥으로 메고 온 것 같다. 사람들은 저러고도 화가냐고 웃을지도 모른다. 아무리 조소를 당할지라도 지금의 나는 진정한 화가이다.

훌륭한 화가란 이러한 경지를 깨닫는 사람이 반듯이 명화를 그리는 것은 아니다. 그러나 명화를 그릴 수 있는 사람은 반듯이 이 경지를 이해를 해야 할 것이다.

아침을 먹고 시키시마 한 개비를 피우면서 떠오른 감상은 이상과 같은 것이다.

태양은 봄 안개를 벗고 높이 솟아 있었다. 쇼지를 열고 뒷산을 바라보니 파란나무들이 여느 때 보다 산뜻하였다.

나는 항상 공기와 물상과 색채의 관계를 이 우주에서 가장 흥미 있는 연구의 하나로 생각하고 있다. 그림이란 색채를 주로하고 공기감(空氣感)을 내느냐, 물상을 주로하고 공기감을 내느냐, 또한 공기감를 주로하고 그 속에서 색채와 물상을 조화 시키느냐이다.

그림이란 것은 미세한 기합하나로 여러가지 장단과 격조가 나온다. 이 격조는 화가자신의 취향에 따라 다르다. 그것은 또한 당연한 것이지만 때와 장소에 따라 자연히 제한을 받는 것도 당연한 것이다.

영국 사람이 그린 산수그림치고 밝은 그림은 한 점도 못 봤다. 밝은 그림을 싫어하는지는 몰라도 비록 좋아한다고 해도 그 고장의 공기로서는 별다른 도리가 없을 것이다.

같은 영국인이라도 구달(Goodall, 1822~1904)은, 색채의 격조가 전혀 다르다. 그것은 지극히 당연한 얘기다. 그는 영국인이면서도 일찍이 영국의 풍경을 그린 예가 없다. 그의 화제에는 그의 향토가 없다. 그의 본국에 비하면 공기의 투명도가 훨씬 좋은 이집트나 아니면 페르시아 광경만을 선택하였다. 따라서 그가 그린 그림을 처음 보는 사람은 누구나 놀란다. 영국인도 이렇게 밝은 색채를 구사하는 화가가 있는가하고 의심할 정도이다.

　개인의 기호는 어쩔 수 없다. 그러나 일본의 산수를 그리는 것이 주제라면, 우리들은 일본 고유의 공기감과 색채를 표현해야 할 것이다. 아무리 프랑스 그림이 우수하다고해도 그 색채를 그대로 모사해서는 이것을 일본의 경치라고 할 수 없다. 역시 육안으로 자연을 접하고 조석으로 구름의 모양, 안개의 변화, 심오한 대자연을 관찰하다가, 바로 이 색채다 라고 할 때 이젤을 메고 달려가야 한다. 색채는 한순간으로 변화한다. 한번 기회를 놓치면 같은 색깔을 대하기가 쉬운 일이 아니다. 내가 바라보고 있는 산마루 끝에는, 좀처럼 이 근처에서는 볼 수 없는 좋은 색채가 충만해 있다. 모처럼 여기까지 와서 저것을 놓친다는 것은 아까운 일이다. 잠깐 그려야겠다고 결심한다.

　후스마(襖.미닫이)를 열고 마루에 나가니, 건너편 이층 미닫이문에 나미(那美)상이 기대고 서 있었다. 턱을 옷깃 속에 묻고 있어서 옆얼굴만 보였다. 나는 인사를 할까하고 생각하는 순간, 여인은 왼쪽 팔은 내린 채 바른손은 바람처럼 움직인다.

뻔쩍하는 것은 번갯불인가, 앞가슴 근처에서 두세 번 꺾으면서 미끄러지듯이 뿌리치기를 하더니 찰각 소리가나고 뻔쩍거림은 곧 사라졌다. 여인의 왼쪽 손에는 약 30cm 되는 흰 칼집이 쥐어져 있었다.

그녀의 모습은 금세 미닫이 뒤로 사라졌다. 나는 아침부터 카부키좌(歌舞伎座)를 관람한 기분으로 숙소를 나왔다.

문을 나와서 좌측으로 꺾으면 벼랑길인데 급한 오르막이다. 꾀꼬리 소리가 굽이굽이 울리고 있었다. 왼편은 완만한 골짜긴데 온통 감귤 밭이다. 바른쪽은 높은 언덕이 두 개가 나란히 있는데 여기도 전부 감귤 밭이다. 몇 년 전에 이곳을 방문한 일이 있다. 손꼽아 헤아리는 것도 귀찮다. 어쩌면 그것은 추운 섣달이라고 기억한다. 그때 감귤 산에서 감귤이 가지에 주렁주렁 붙어있는 것을 보고 놀랐다.

주인에게 감귤가지 하나 팔라고 간청을 하니 얼마든지 가져가라고 하면서 나무위에서 묘한 민요노래를 부르기 시작했다.

동경에서는 감귤껍데기도 약종상에 가야 구할 수 있는데 후한 시골인심이다.

밤이 되니 계속해서 총소리가 나서 물어보니 오리를 잡는 엽총소리란다. 그때는 나미 아가씨의 나자도 모를 때였다.

저 여인을 카부키 배우를 시켰으면 훌륭한 오야마(女形)를 해낼 것이다. 보통배우들은 무대에 내보내면 어색한 연기를 한다. 그러나 저 여인은 집안에서 항상하는 자연적인 연기를 한다. 저런 것을 가지고 미적 생활을 한다고 하는 것이다. 그 여인의 덕분으로 작품이 제법 잘되었다.

저 여인의 행동거지를 연극이라고 보지 않는다면 어쩐지 기분 나빠서 하루도 견디기 힘들 것이다. 의리라든가 인정이라든가 하는 제반준비를 배경으로, 보통 소설가의 관점에서 저 여자를 연구했다가는 자극이 너무 강해서 곧 싫증을 낼 것이다. 현실 세계에서 나와 저 여인과의 관계가 복잡하게 뒤얽힌 사이라면 나의 고통은 이루다 말할 수 없을 것이다.

나의 이번 여행은 속정(俗情)을 떠나서 아무튼 간에 화가가 되는 것이 목적이었던 만큼 눈에 보이는 것은 모조리 그림이란 관점에서 보았던 것이다. 연극이나 또한 시중의 인물로서만 관찰하는 것이다. 이러한 각오의 안경을 통해서 저 여인을 들어다보면, 지금까지 보아온 여인 중에서 가장 우아한 몸짓을 한다.

자기 자신이 아름다운 몸짓을 보여준다는 의식이 없는 만큼 그 연기는 배우의 그것 보다 더 아름답다.

이러한 사고방식을 가진 나를 오해하지 말기를 바란다. 사회의 공민으로서 부적당하다고 비평한다면 괘씸하기 짝이 없는 일이다.

선은 실행하기 어렵다. 덕은 베풀기 어렵다. 절조(節操)는 지키는 것이 쉽지 않다. 의리를 위하여 생명을 버리는 것은 애석한 일이다. 이러한 것을 감행하는 것은 그 누구에게나 고통이 아닐 수 없다.

그 고통을 극복하기 위해서는, 고통을 이기고 초월하는 유쾌(愉快)와 환락(歡樂)이 잠재하고 있어야 한다. 회화도 시도 그리고 연극도 그 모두가 비참한 인생 속에 잠재하고 있는 쾌감의 별명이라고 말할 수 있다. 이런 취지를 이해함으로 해서 나의 행동도 용기를 얻게 된다. 풍류스럽고 우아하게 된다.

모든 고통을 극복하고 가슴깊이 간직하고 있는 유일한 취미를 발휘하고 싶다. 육체적인 고통도 물질적인 불편도 용맹정진하는 정신을 가지고 인도(人道)를 위하여 희생하는 것을 즐겁게 생각한다.

만일 인정이라는 좁은 입장에 서서 예술을 정의할 수 있다면, 예술은 우리들 지식층의 가슴속에 잠재하면서, 사악을 물리치고 정의 편에 설 것이며, 왜곡(歪曲)을 물리치고 정직을

지킬 것이며, 약자를 도와주고 강자를 꺾어버리지 못하면 참을 수 없다는 일념이 결정(結晶)하여 찬연히 빛날 것이다.

연극 기질이 있는 사람은 남의 행위를 보고 잘 웃는 사람이 있다. 아름다운 취미를 관철하기 위하여 불필요한 희생을 감행하려는데, 인정이 먼 곳에 있으니 웃는 것이다.

자연스럽게 아름다운 성격을 발휘하는 기회를 기다리지 않고, 무리하게 자기의 취미관을 과시하려는 어리석음을 웃는 것이다. 진정으로 예술관을 이해하고 개성이 확립되어 있다면 웃는 것은 별문제가 없을 것이다.

취미가 무엇인지 알지도 못하는 무식한 인간이, 자기의 비천한 생각으로 타인을 비하하는 것은 용서할 수 없다.

옛날에 암두(巖頭)의 음시(吟詩)를 남기고 비폭(飛瀑)에 몸을 던진 청년(藤村 操)이 있었다. 내가 관찰하는 바로는 그 청년(第一高等學校生 18歲)은 미자(美字)한자 때문에 버리지 않아도 될 생명을 버린 것이라고 생각한다.

죽음 그 자체는 대단히 장렬하였다. 다만 그 죽음을 재촉한 동기에 대해서는 이해할 수가 없다. 그러나 장렬한 죽음의 이유를 명심하지 못하는 자들이 어찌 후지무라를 조소할 수 있겠는가. 그들은 후지무라가 장렬한 죽음을 선택한 정취와 의미를 이해 못하는 만큼 그를 조소할 권리가 없다고 나는 주장한다.

나는 화가이다. 화가인 만큼 취미를 가슴에 간직하는 남자로서. 비록 인정세계 속에 파묻혀 살고 있으나 풍류를 이해 못하는 이웃들 보다는 고상하다.

사회의 일원으로서 능히 타인을 교육할 수 있는 지위에 있다. 시심이 없는 사람, 회화를 이해 못하는 사람, 예술에 대한 소양이 없는 사람에 비하면 월등한 미적 작업을 할 수 있다.

인정세계(人情世界)에서 미적작업은 정의(正義)이며, 의리(義理)이며, 정직(正直)이라고 할 수 있다. 정의와 의리와 정직을 행동으로 실천한다면 공민(公民)의 모범이 되고도 남는다.

한참동안 인정계(人情界)를 떠나온 나로서는 적어도 이 여행 중에는 인정계에 복귀할 필요는 없다. 지금 어중간하게 돌아간다는 것은 모처럼의 여행의 보람이 없어진다. 인정세계에서는 살랑살랑 모래를 흔들어서 아름다운 사금(砂金)만 바라보고 살아가야한다. 내 자신이 사회의 일원이라고 결정한 것은 아니다.

순수한 전문화가로서 복잡한 얼기고 설긴 이해관계의 줄을 끊고, 오로지 화폭(畵幅)에만 왕래하고 있다. 하물며 산이 어쩌고, 물이 어쩌고, 누구누구가 어쩌고.

나미상의 행위거동도 그저 그 모습을 물끄러미 바라볼 뿐 다른 도리가 없다.

300m정도 올라가니 저쪽에 흰 벽집이 보인다. 감귤 밭 속의 주택인가.

길은 얼마 안가서 두 갈래가 된다. 흰 벽 집을 옆으로 보면서 왼쪽으로 꺾어질 때 아래쪽에서 빨간 코시마키(속치마)를 입은 딸애가 올라온다. 속치마가 끝나면 갈색 정강이가 나오고 또 그 밑에는 짚신을 끌고 가는 발이 보인다. 머리위에는 산 벚꽃이 떨어지고 있었다. 등줄기에는 빛나는 먼 바다를 짊어지고 간다.

벼랑 길을 올라서니 산부리의 평탄한 곳이 나왔다.

북쪽은 비취색을 겹겹이 포개진 봄의 연봉(連峰)인데, 아침에 마루에서 바라보았던 그 산들일지도 모른다. 남쪽은 불탄 들판 같은 지세인데 그 끝 쪽은 낭떠러지다. 벼랑 아래는 지금 지나온 감귤 밭이고 마을을 건너뛰면 말할 것도 없이 아득히 푸른 바다가 펼쳐진다.

길은 여러 개가 있기는 한데, 만나고는 헤어지고 헤어졌다가는 또 만나게 되어 어느 길이 본 줄거린지 아리송하다. 어느 것이든 길인가 하면 어느 것 하나 길 같은 길은 없다. 풀밭에서 흑적색의 흙이 보였다가 숨다가 어느 길 줄기와 연결이 되는지 분간을 할 수 없는 것이 변화가 있어서 재미가 있다.

어디에 자리를 잡아야하나 하고 풀밭을 이리저리 헤맨다. 숙소 마루에서 조망했을 때는 그림이 될 것 같은 경치도, 정작 시작해볼까 하면 정리가 안 된다.

색채도 점차 변화한다. 초원을 이리저리 헤매는 동안에 작품 의욕도 없어져 버렸다. 그림을 안그려도 내 지위는 끄떡없다. 어디든 간에 내가 앉은 자리가 사는 곳이다. 스며든 춘양(春陽)이 깊은 풀뿌리까지 담겨져, 에라 모르겠다하고 털썩 주저앉으니, 눈으로 볼 수 없는 아지랑이를 짓밟아 뭉개버리는 것 같은 기분이 든다.

바다는 발밑에서 빛나고 있었다. 구름 한 점 없는 쾌청한 봄날은, 널리 바다를 덥히고 언제부턴가 그 여열이 해저까지 스며든 것 같이 따스해 보인다.

색채는 히토하게(一刷毛, 한 솔질)로 남청(藍靑)을 흘려보냈는데, 곳곳에는 백금비늘이 반짝거린다.

햇볕은 무한한 천하를 비추고, 천하는 무한한 물을 채우고 그사이를 하얀 돛들이 깨알같이 보인다. 그리고 그 돛들은 움직이지 않는다. 그 외는 대천세계를 궁극하고, 햇볕이 비추어지는 세계, 비추어지는 바다의 세계가 있을 뿐이다.

풀밭에 벌렁 드러눕는다. 모자가 이마를 미끄러져 비딱하게 재껴진다. 풀밭에 드문드문 자잘한 모과나무가 무성하다. 모과는 재미있는 꽃이다. 가지는 완고해서 일찌기 구부러지는 법이 없다. 그렇다면 똑 바르냐하면 결코 바른 것도 아니다.

다만 똑바른 짧은 가지에, 똑바른 짧은 가지가 어느 각도에서 충돌하여 비스듬하게 구성되어 있다. 게다가 분홍색인지 흰색인지 어중간한 꽃이 한가롭게 핀다.

부드러운 잎까지 여기저기 붙어있다. 비평하자면 모과는 꽃 중에서도 미련하고 치졸하게 득도(得度)한 것일까. 이 사람이 내세에서 다시 태어난다면 반듯이 모과나무가 되리라. 나 역시 모과나무가 되고 싶다.

어릴 때 꽃과 잎이 달린 모과나무 가지를 잘라서 필가(筆架, 붓거리)를 만들어 본 일이 있다. 싸구려 수필(水筆)을 걸어두고 꽃과 잎새 사이를 흰 붓끝이 보였다가 숨었다하는 것을 즐겼다. 그날은 모과필가만 신경 쓰다가 잠자리에 들었다.

다음날 아침, 눈을 뜨자 책상으로 가보니 꽃이고 잎이고 다 시들고 말라서 흰 붓만 반짝거리고 있었다. 그렇게 아름다웠든 것이 어찌하여 하룻밤 사이에 말라버리는가 하고 그 당시는 이상하게 생각하였다. 지금생각하면 그때가 훨씬 세속적이었다고 생각한다.

드러눕자말자 시야에 들어온 모과는, 이십년의 오랜 친구다. 가만히 바라보고 있으면 정신이 아찔해지면서 기분이 좋아진다. 또 시흥(詩興)이 떠오른다.

누워서 시상(詩想)에 잠긴다. 한 구절이 될 때 마다 스케치
북에 적어둔다. 한참 만에 정리가 된 것 같다. 첨부터 다시 읽
어본다.

出門多所思　문을 나서면 봄의 상념이 넘치고

春風吹吾衣　봄바람은 내 옷 속을 스며드네

芳草生車轍　방초는 바퀴자국에서 솟아나고

廢道入霞微　폐도는 안개 속에 희미하구나

停筇而矚目　지팡이를 멈추고 근처를 보니

萬象帶晴暉　천하 만상은 맑게 빛나고

聽黃鳥宛轉　모처럼 꾀꼬리의 청아한 소리를 듣고

觀落英紛霏　휘날리는 낙화를 본다

行盡平蕪遠　길이 끝나는 곳에 들판은 열리고

題詩古寺扉　옛 절의 산문에 시제를 적어보네

孤愁高雲際　외로운 나그네 길은 구름같이 아득하고

大空斷鴻歸　무리를 벗어난 기러기가 북쪽으로 돌아가네

寸心何窈窕　마음의 깊이는 얼마나 되는고

縹緲忘是非　지금은 황홀하여 속세의 시비를 망각하였네

三十我慾老　나이 삼십에 노경을 기웃거리는데

韶光猶依依　화창한 춘색은 내 몸을 휘감는 구나

逍遙隨物化 한가로이 거닐며 만물의 변화에 수순하고

悠然對芬菲 유연히 백화방초에 나를 맡기노라

아 되었어, 이것으로 됐어. 드러누워 모과나무를 보면서 세상사를 잊고 있는 느낌이 잘나와 있다. 모과열매가 없어도, 바다에 나가지 않아도 느낌만 잘 표현되면 그로서 족한 것이다라고 으르렁거리며 좋아하고 있는데, 어험하는 사람의 헛기침 소리에 깜짝 놀랐다.

돌아누우면서 소리가나는 쪽을 살펴보니 산 끝머리를 돌아서 잡목 숲속에서 한 남자가 쑥하고 나타난다.

차 갈색의 중절모자를 쓰고 있다. 중절모자의 모양은 무너져서 비스듬한 모자챙 아래로 눈이 보였다. 눈매는 알 수가 없으나 틀림없이 힐끔힐끔 두리번거리는 거동을 한다. 남색줄무늬 옷을 엉덩이까지 걷어 붙이고, 맨발에 게타(下駄,나막신)를 끌고 나왔으니 대체로 정체를 알 수가 없다. 야생 그대로의 수염을 보고 판단하면 패잔무사(敗殘武士)의 가치는 있어 보인다.

사나이는 벼랑산 길을 내려오다가 길모퉁이에서 꺾어서 다시 온 길을 되돌아 가는가 했는데 또다시 그 길을 되돌아온다.

이 초원을 산보하는 사람 외에 어슬렁거리는 사람은 없을 것이다. 또한 저런 사람이 이 근처에 살고 있다고는 생각할 수 없다. 남자는 때때로 우뚝 멈추기도 한다. 고개를 갸웃거리기도 한다. 그리고는 사방을 둘러보기도 한다. 생각에 잠기는 시늉도 한다. 약속하여 기다리는 사람 같기도 하다. 무슨 영문인지 알 수 없다.

나는 이 이상한 남자로부터 눈을 뗄 수가 없었다. 그것은 무서워서가 아니라 또 무슨 그림소재로 이용하려고 하는 것은 더욱 아니다. 다만 눈을 뗄 수가 없었을 뿐이다. 우측에서 좌측으로 좌에서 우로 남자를 따라 움직이든 나의 시선은 어느 지점에서 퍼뜩 섰다. 그러자 또 한사람이 시야에 들어온다.

두 사람은 서로 아는사인지 가깝게 접근해 갔다. 두 사람은 봄 산을 배경으로 하고, 봄 바다를 앞에 놓고 정면으로 맞서고 있었다.

남자는 물론 패잔무사 그 사람이다. 상대는 여자, 여자는 나미(那美)상이였다.

나는 나미상의 모습을 보는 순간 아침의 단도를 연상했다. 혹시 그녀의 품속에

숨기고 있는 것이 아닌가하고 과연 냉정한 나도 역시 오싹한 기분이 든다.

남녀 두사람은 마주보고 한참 동안은 그대로 서 있었다. 움직임은 전혀 없다. 말은 하고 있는지 알 수 없으나 들을 수 있

는 거리가 아니다. 이윽고 사나이가 머리를 숙인다. 여인은 산 쪽으로 몸을 돌린다. 나미의 표정을 읽을 수 없다.

산에는 꾀꼬리가 울고 있었다. 여인은 꾀꼬리에 귀를 기울이고 있는 듯하다. 남자는 숙이고 있든 고개를 쳐 들더니 발길을 돌리기 시작한다. 흔한 장면이 아니다. 여인은 훌쩍 몸을 돌려 바다 쪽으로 향한다. 오비(帶.허리띠)사이로 내밀고 있는 것은 회검(懷劍)으로 보였다. 사내는 가슴을 펴고 돌아가기 시작한다. 여인은 두세 발뒤따라 간다. 여인은 짚신 이였다. 남자가 멈춰선 것은 불러 세웠는지. 뒤돌아보는 순간 여인의 오른손이 오비사이로 뻗었다. 위험해!

쑥 뽑아든 것은 회검이 아니고 돈지갑이었다. 내밀은 여인의 하얀 손아래서 길 다란 지갑 끈이 봄바람에 나부끼고 있었다.

한쪽 다리를 앞으로, 허리에서 상체는 약간 뒤로 재끼고, 내민 하얀 손목에는 보라색 돈지갑, 이러한 자세는 훌륭한 그림 소재가 될 것이다.

보라색으로 단절된 화면이, 10cm의 간격 두고, 뒤돌아 보는 남자의 자세여하에 따라서는 의외로 좋은 구도로 연결이 되었다. 부즉불리(不卽不離) 붙지도 않고 떨어지지도 않는다는 것은 바로 이 찰나의 상태를 형용하는 어구라고 생각한다.

여인은 앞쪽으로 당겨진 자세이며, 남자는 뒤쪽으로 당겨지는 자세다. 그리고 그것은 실제로는 당겨진 것도 없고 당긴 것도 없다. 두 사람의 인연은 보라색 지갑이 끝나는 곳에서 끊어진 것이다.

두 사람의 자세가 그와 같이 미묘한 조화를 유지하면서, 양자의 얼굴과 의복은 어디까지나 대조적이라서, 그림으로서는 한층 흥미가 깊을 것이다.

땅딸막하고 거무튀튀한 털보 얼굴과, 선명하고 야무지게 죄어진 갸름한 얼굴에, 긴 옷깃과 동그스름한 어깨와 날씬한 몸매. 무뚝뚝하게 몸을 비틀고 게타짝을 끌고 다니는 패잔무사와, 보통 메이센(銘仙.굵은 견직물)옷을 나긋나긋하게 입고 허리에서 윗몸을 젖히면서 뽐내는 우아한 모습. 빛이 바랜 차 갈색모자에 남색 줄무늬 옷을 엉덩이까지 걷어 올린 출입복 차림과, 아지랑이마저도 태워버릴 듯 빗자국이 선명한 빈모의 색깔에, 흑공단의 광택 속에서 보이는 요염한 띠 매듭 모든 것이 좋은 화제이다.

남자는 손을 내밀고 돈지갑을 받는다. 당기고 당겨지고 해서 미묘한 균형을 유지하든 두 사람의 위치는 순식간에 무너졌다. 여인은 당기지 않는다. 남자는 당길 것도 없다. 심적 상태가 그림을 구성하는데 이처럼 큰 영향을 주리라고는 화가로서 인식하지 못했다.

두 남녀는 좌우로 헤어진다. 이때부터는 양쪽이 이미 기합이 빠져서 이제는 그림 소재로서는 지리멸렬이다. 잡목 숲 입구에서 남자는 한번 뒤돌아본다. 여인은 눈길을 한 번도 주지 않는다. 그리고는 거침없이 이쪽으로 다가온다. 이윽고 내 앞에 와 서는,

　"선생님, 선생님"

　하며 두 번 불렀다. 아뿔싸 들켰구나.

　"왜요"

　라고 하며 모과나무위로 얼굴을 내밀었다. 모자가 초원에 떨어진다.

　"그런데서 뭘 하고 계세요"

　"시를 지으면서 누워있었어요"

　"거짓말 말아요. 좀 전에 광경을 보셨지요"

　"지금그것? 지금 거, 그것말예요. 조금 보았지요"

　"오호호호 조금 말고 많이많이 봐주셔야 되는데"

　"사실은 많이 보았습니다"

　"그것 봐요. 그건 그렇고 이쪽으로 나오세요. 모과나무속에서 나오세요"

　나는 그렇다 치고 모과나무를 헤치고 나갔다.

　"모과나무 속에서 무슨 할 일이 있어요"

"이제는 없어요. 돌아갈까 합니다"

"그럼 같이 가실까요"

"그러시지요"

나는 다시 좋다 치고 모자를 쓰고 화구를 메고 나미상하고 같이 걷기 시작한다.

"그림을 그렸어요"

"그만 뒀어요"

"여기 오셔서 아직 한 장도 그리지 못하셨지요"

"예"

"그래도 모처럼 오셨는데 그리지 않으시면 보잘 것 없지 않나요"

"막혀있어요"

"그래요. 그건 왜요"

"어쨌든 간에 꽉 막혔어요. 그림 따위 그려도 그렇고, 안 그려도 그렇고, 결국은 마찬가집니다"

"그것은 익살 인가요.호호호 대단히 낙천적이고 느긋하시네요"

"이런 곳에 올 정도라면 무사태평하지 않고서야 왔던 보람이 없지요"

"뭐 어디에 있든지 간에 낙천적으로 살아야지, 사는 보람이 없어요. 저 같은 사람은 오늘 같은 일을 겪어도 창피하다고 생각하지 않습니다"

　"신경 쓸 필요는 없지요"

　"그럴까요. 당신은 지금 그 남자를 대체 무엇이라고 생각하세요"

　"글쎄요. 아무리 봐도 형편이 좋은 분은 아니던 데요"

　"호호호 잘 맞추시네요. 당신은 일류점쟁이세요. 그 남자는 가난해서 일본에 있을 수 없어서 돈 좀 달라고 왔어요"

　"그래요. 어디서 왔는데요"

　"시내서 왔어요"

　"대단히 먼 곳에서 오셨군요. 그래서 어디로 가는데요"

　"어쨌든 만주에 간대요"

　"뭣 하러 가는데요"

　"뭣 하러 가는지. 돈을 줘서 담으로 가는지, 죽으로 가는지 알 수 없습니다"

　이때 나는 얼굴을 들고 살짝 여인의 얼굴을 보았다. 지금 다물었던 입가에는 미소가 사라져가고 있었다. 의미는 알 수 없다.

　"그 남자는 저의 남편입니다"

　무서운 천둥소리에 귀를 막을 틈도 없이 여인은 갑자기 한

대 먹인다. 나는 기습공격을 당한 셈이다. 물론 그러한 얘기는 들고 싶지도 않았고, 여인도 이런 사실까지 폭로 하리라고는 미처 생각하지 못했을 것이다.

"어때요. 놀라셨지요"라고 여인이 말한다.

"네 조금은요"

"현재 남편이 아니라 이혼한 남편입니다"

"그래요, 그리고……"

"그것뿐이세요"

"그래요.-저 감귤 밭 산에서 훌륭한 흰 벽 주택을 봤는데요. 집터가 아주 좋은 자리던데 누구 댁입니까"

"그게 오빠집이예요. 가는 길에 잠깐 들렸다 가시지요"

"볼일이라도 있어요?"

"네 부탁받은 일이 있고요"

"같이 가시지요"

벼랑길 오르막 입구에서 마을 쪽으로 내려가지 말고, 곧장 오른쪽으로 꺾어서 또다시 100m쯤 올라가면 바깥문이 있다. 문에서 현관을 안거치고 바로 뜰 출입구 쪽으로 돌았다. 여인은 거리낌 없이 성큼성큼 들어감으로 나도 덩달아 따라갔다. 남향 뜰에는 종려나무가 三四그루 서있고 토담 아래는 감귤 밭이 펼쳐지고 있었다.

여인은 곧장 마루 끝에 걸터 앉으면서 말했다.

"좋은 경치죠. 좀 보세요"

"과연, 좋은데요"

장지문 안쪽은 조용하여 인기척도 없다. 여인은 들렸다는 말도 없다. 그냥 걸터 앉아서 감귤 밭만 내려다보고 있다. 나는 이상하게 생각한다. 처음부터 볼일이 있었는지 어떤지 알 수가 없다. 마지막에는 얘기거리도 없고 해서 두 사람은 물끄러미 감귤 밭만 바라보고 있었다. 정오에 다가서는 태양은 정면으로 따뜻한 광선을 산 전체에 쬐이면서, 시야를 넘치는 귤나무 잎은, 잎사귀 뒷면까지 침투해서 빛나고 있었다. 이윽고 뒷마당 헛간 쪽에서 꼬꼬댁 꼬꼬하고 닭이 운다.

"아니 벌써. 한낮이네. 볼일을 잊고 있었네.-큐이치상, 큐이치상"

여인은 엉거주춤한 자세로 꼭 닫쳐진 쇼지문을 활짝 열었다. 아무도 없는 10조방에는 카노파(狩野派)의 명화 두 폭이 장식 벽에 걸려있었다.

"큐이치상"

헛간 쪽에서 겨우 대답하는 소리가 들린다. 발소리가 끝나고 후수마가 활짝 열리자마자 잽싸게 흰 칼집의 단도가 타타미방에서 뒹굴고 있다.

"이봐 그건 큰아버지의 선물이야"

허리띠 사이로 어느 틈에 손이 들어갔는지 눈치 채지 못했다. 단도는 두세 번 재주넘기를 하고 큐이치의 발아래 쪽으로 굴러갔다. 제작이 느슨해선지, 번쩍하고 차가운 것이 3㎝가량 빛났다.

十三

배편으로 큐이치(久一)상을 요시다 역까지 배웅하기로 했다. 배에 탄 사람은 전송받는 큐이치상을 비롯해서, 전송하는 노인과, 나미씨와 그의 오빠, 짐꾼인

겐베에(源兵衛)그리고 동반자로서 내가 동승 하였다.

동반자로 초대를 받으면 일단 따라간다. 무슨 의미인지는 몰라도 간다. 비인정의 여행에 사려(思慮)는 필요 없다. 배는 뗏목에 테두리 전을 붙인 것처럼 밑바닥은 편편한 것이었다. 노인은 중앙에, 나와 나미씨는 선미, 큐이치상 하고 오빠는 뱃머리에 자리를 잡았다. 겐베에는 하물 옆에 있었다.

"큐이치상은 전쟁을 좋아 하나요 싫어 하나요"라고 나미씨가 묻는다.

"나가보지 않아서 잘 모르죠. 고된 일도 있을 것이고, 유쾌한 일도 있겠지요"

하며 전쟁을 모르는 큐이치의 말이다.

"아무리 고통스러워도 나라를 위해서야"라고 노인이 말한다.

"단도 같은 선물을 받으면 금방 전쟁터에 나가고 싶어지는 것 아닌가"라고 여인은 묘한 질문을 한다. 큐이치상은, "글쎄요"하며 가볍게 동의한다. 노인은 수염을 만지면서 웃는다. 오빠는 그저 모른체한다.

"그런 태연한 얼굴로 전투를 할 수 있을까"여인은 거리낌 없이 하얀 얼굴을 큐이치상 앞에 내민다. 큐이치와 오빠는 서로 마주본다.

"만약 나미씨가 군인이 되면 틀림없이 강할거야"오래간만에 오빠가 누이동생에게 던진 첫말이다. 말투로 보아서는 결코 농담 같지가 않다.

"내가요? 내가 군인? 내가 군인이 되려고 했으면 벌써 되고도 남지요. 지금쯤은 전사하고 없을 거예요. 큐이치상. 너는 죽는 게 좋아. 살아서 돌아오면 창피하다고"

"그런 난폭한 말을-여하간 반갑게 개선해서 돌아와 주게나. 죽는 것만이 나라를 위한 것은 아니야. 나도 이삼년은 더 살아야겠어. 또 만날 수 있어"

노인의 말꼬리를 당겨드리면 끝이 가늘어져서 결국은 눈물이 실처럼 흐르겠지마는 다만 사나이라 속내까지는 드러내지 않는다. 큐이치는 묵묵히 고개를 옆으로 돌려서 강둑만 보고 있었다.

강변에는 큰 버드나무가 서 있었다. 그 나무 아래서 배를 매어두고 한 사내가 낚시질을 하고 있다. 일행의 배가 느슨한 물살을 끌고 그 앞을 지나갈 때, 그 낚시꾼은 우연히 큐이치와 눈이 마주친다. 눈이 마주친 두 사람 사이에는 어떠한 전기도 통하지 않고 있다. 그 남자는 오로지 붕어만 생각하고 있을 것이다.

큐이치의 머릿속에는 붕어든 잉어든 생각할 여지가 없다. 일행을 태운 배는 강태공 앞을 지나간다.

니혼바시(日本橋)를 내왕하는 사람 수는 일분동안에 몇 백 명이 될지 알 수가 없다. 만일 그 다리목에서 오가는 사람들 마음속에 도사리고 있는 갈등을 모두 다 들을 수 있다면, 고달픈 세상은 어지러워서 살기가 힘들 것이다. 다만 서로 모르는 사람끼리 만나고, 모르는 사람끼리 헤어지는 판이라 가끔 다리목에서서 지나가는 전차를 보고 깃발을 흔드는 인간도 볼 수가 있다.

강태공이 큐이치의 눈물을 참고 있는 얼굴에 대하여 설명을 요구하지 않는 것은 다행한 일이다. 뒤돌아보니 그는 안심하고 열심히 낚시찌를 주목하고 있었다.

아마도 그는 일로전쟁이 끝날 때까지 낚시찌를 보고 있을 속셈인지도 모른다.

강폭은 그다지 넓지 않다. 강바닥은 얕고 유속은 느릿하다. 뱃전에 기대어 강물을 미끄러지듯이 흘러가면 대체 어디까지 가는가. 봄은 다가고, 사람들이 소란을 떨고 서로 맞부딪치는 고장까지 가야 끝이날 것인가.

피비린내 나는 핏방울을 미간에 감추고 있는 이 청년은, 우리들 일행을 가차 없이 끌고 간다. 운명의 밧줄은 이 청년을 멀고먼, 어둡고, 무시무시한 북극까지 끌고 가야 하므로, 어느 날, 어느 달, 어느 해의 인과(因果)로, 이 청년과 얽혀진 우리들은, 그 인과가 끝날 때까지는 이 청년에게 이끌려 가야한다. 인과를 다 소진 했을 때, 그와 우리들 사이에서 문득 끊어지는 소리가 나고, 그 청년 혼자만 하는 수 없이 운명의 손아귀로 당겨 들어간다.

남겨진 우리들은 하는 수 없이 남아 있어야 한다. 소원을 해도 바둥거려도, 그와 운명을 같이할 수는 없는 것이다.

배는 재미있게 편안하게 흘러간다. 양쪽 강변에는 뱀 밥(土筆)이 돋아나왔겠다. 둑에는 버드나무가 많다. 그사이로 나지막한 집들의 지붕이 드문드문 보인다.

그을린 창틀이 내밀기도 하고, 때로는 흰 오리가 나오기도 한다. 오리들은 꽥꽥 울면서 강물 쪽으로 들어오기도 한다.

버들과 버들사이로 선명하게 빛나는 것은 백도(白桃)같기도 하다. 철거덕 철거덕 거리며 베 짜는 소리도 들린다. 철거덕 거리는 사이사이로 아낙네의 노래 소리가 강물위로 울려퍼진다. 무슨 노래인지 알 수가 없다.

"선생님, 저의 그림을 그려주세요"라고 나미상이 주문을 한다. 큐이치와 오빠는 계속 군대얘기만 뒤풀이하고 있다. 노인은 언제부턴가 앉아서 졸고 있었다.

"그려드리지요"하며 스켓치북을 꺼내서,

봄바람에 띠 매듭이 풀어졌네. 비단이름은

라고 적어서 보여줬다. 여인은 웃으면서,

"이런 날치기는 싫어요. 좀 더 저의 기상이 살아있게 신중히 그려주세요"

"나 역시 그리고 싶기는 한데, 어쩐지 당신의 얼굴 그것만으로는 그림이 될 수 없어요."

"말 한번 잘 하시네. 그럼 어찌하면 그림이 될 수 있어요"

"뭐 지금이라도 그림을 그릴 수는 있어요. 다만 조금 부족한 것이 있어요. 그게 나오지 않을 때 그리게 되면 너무 아깝다는 말입니다"

"모자란다고 한들, 타고난 얼굴인데 어쩔 수 없지요."

"타고난 얼굴이니까 이렇게도 되고 저렇게도 되는 거에요"

"자기 맘대로 된다고요"

"그럼요"

"여자라고 사람을 엄청 깔보네요"

"당신이 여자니까 그런 바보 같은 소리를 하는거요"

"그렇다면 당신 얼굴을 가지고 한번 보여줘요'

"오늘까지 있는 그대로 보여줬으면 충분하지요"

여인은 말없이 고개를 돌리면서 저쪽을 본다. 강둑은 언제부턴가 강물과 닿을락 말락 낮아져서, 아득히 넓은 논밭에는 일하는 농부들이 많다. 빨간 꽃들은 방울져서 떨어지고, 언젠가의 봄비로 떠내려 보냈는지 반쯤은 녹아버린 꽃 바다는, 안개 속에 아득히 펼쳐지고, 우러러보는 중천에는 험준한 산봉우리가 희미한 봄 구름을 토하고 있었다.

"저 산봉우리 저쪽을 당신은 넘어 왔어요"하며 여인이 흰 손을 뱃전에서 내밀며 꿈같은 봄 산을 가리킨다.

"괴물바위(天狗巖)는 저 근천가요"

"저 짙은 녹색아래 보라색으로 보이는 곳이 있죠"

"저 그늘진 곳인가요"

"저게 그늘인가요. 벗어진 것 아닌가요"

"아니 움푹 들어가서 그래요. 벗어 졌으면 좀 더 차갈 색으로 보이죠"

"그럴 까요. 여하간 저 뒤쪽이랍니다"

"그렇다면 칠곡(七曲)꼬부랑 고개는 좀 더 왼쪽편이 되겠군요"

"꼬부랑 고개는 저쪽으로 좀 더 벗어나지요. 저산의 또 하나 앞쪽 산이지요"

'과연 그렇게 되는군요. 어림짐작으로는, 저기 저 희미한 구름이 끼어있는 근처가 아닌가요"

"그래요, 방향은 그 부근이예요"

졸고 있던 노인은, 뱃전에서 팔꿈치를 미끄러뜨려 홱 하고 눈을 뜬다.

"도착은 아직 멀었나"

배를 앞으로 내밀고 큰 기지개를 하고는 활을 당기는 시늉을 해 보인다. 여인은 호호호 하고 웃는다.

"어쩐지 이게 버릇이 되 가지고……"

"활을 좋아 하십니까요"나도 웃으면서 물었다.

"젊은 시절에는 적중률이 칠부오리(七分伍厘, 75%)까지는 쏘았지요. 지금도 왼팔기능은 단단하지요"라고하면서 왼쪽어깨를 툭툭 쳐 보인다. 뱃머리의 전쟁애기는 지금도 한창이다.

배는 드디어 시가지 속으로 들어간다. 쇼지(障子)문짝에 안주이름을 적은 선술집이 보인다. 고풍스런 노렌(布簾)이 보인다. 목재 하치장도 보인다. 인력거가 지나가는 소리도 들린다. 제비가 흰 배를 보이면서 날고 있으며, 오리는 꽥꽥거린다.

일행은 배를 버리고 정거장으로 향한다.

드디어 현실사회로 끌어내졌다. 기차가 보이는 곳을 현실세계라고 한다. 기차보다 더 二十世紀 문명을 대표하는 것은 없을 것이다. 몇 백명을 같은 상자에 담아 싣고, 굉음을 내며 지나간다. 인정사정 용서는 없다. 짐짝처럼 실어진 인간은 모두가 같은 정도의 속력으로 동일한 정거장에 정지하고, 그리고 같은 증기(蒸氣)의 은혜를 입어야 한다. 사람들은 기차를 탄다고 말한다.

나는 실려진다고 한다. 사람들은 기차로 간다고 한다. 나는 운반된다고 한다. 기차만큼 개성을 경멸하는 것은 없다. 문명은 모든 수단방법을 다해서 개성을 발달시켜 놓은 다음에, 모든 수단방법을 다해서 그 개성을 짓밟아 버린다.

한사람 당 몇평(1坪, 6.6m2)가량의 땅을 주어서, 이안에서 자든지 일어나든지 맘대로 하라는 것이 현대문명이다. 동시에 주어진 몇 평의 땅 주위에는 철조망을 쳐 놓고 여기서 한발자국도 나가서는 안된다고 위협하는 것이 현대의 문명이다.

한 몇평 안에서 자유를 제멋대로 한사람은, 이 철조망 밖에서도 자유를 제멋대로 하고싶은 것이 자연스러운 추세이다.

가련한 문명의 국민은 밤낮으로 철조망을 물고 늘어지면서 포효하고 있다. 문명은 개인에게 자유를 부여하면서 호랑이처럼 사납게 길들인 다음에는, 이것을 함정(檻穽)에 던져 넣어서 천하의 평화를 유지하고 있다. 이 평화는 결코 진실한 평화는 아니다. 가령 동물원의 호랑이가 구경꾼을 쩨려보면서 드러누워 있는 것과 같은 평화라고 할 수 있다.

우리(檻)의 철봉 한 개가 빠지면-세상은 엉망진창이 될 것이다. 제 2의 프랑스혁명은 이럴 때 일어난 것이다. 개인적인 혁명은 밤낮으로 일어나고 있다.

북구의 위인 입센(Ibsen, 1828~1906)은 이런 혁명이 일어나는 상태에 대하여 상세한 예증을 나에게 주었다.

기차가 맹렬하고 분별없이 인간을 화물처럼 싣고 달리는 양태를 볼 때 마다, 객차 안에 갇혀있는 개인과, 개인의 개성에 한 치의 주의와 관심이 없는 이 기차를 비교해서- 위험해 위험해 주의하지 않으면 정말 위험하다고 생각한다.

현대 문명은 이 위험성이 코를 찌를 정도로 충만해있다. 미래가 암흑인데 철없이 맹동하는 기차는, 위험한 표본의 하나이다.

역전 찻집에 앉아 쑥떡(蓬餠)을 바라보면서 기차론(汽車論)을 생각한다. 이것은 스케치북에 기록할 것도 아니고 남에게 얘기할 필요도 없어서, 떡이나 먹으면서 차를 마셨다. 건너편 걸상에는 두 사람이 앉아 있었다. 다 같이 짚신을 신고, 한사람은 붉은 담요, 한사람은 연두색 모모비키(股引,타이츠)를 입는데 무릎에 천 조각을 댄 곳을 열심히 손으로 가리고 있었다.

"결국 안된다는 말인가"

"안된대"

"소처럼 밥통이 두 개면 좋을 텐데"

"두개면 좀 좋아, 하나가 병들면 끊어버리면 그만이야"

이 시골뜨기는 위병인 것 같다. 그들은 만주들판에 부는 바람 냄새도 모른다.

현대 문명의 폐해도 모른다. 혁명이란 무엇인가. 문자도 들어보지 못했을 것이다. 나는 스켓치북을 꺼내서 그들 두 사람의 모습을 그려두었다.

따르릉 따르릉 벨소리가 난다. 차표는 미리 사두었다.

"자 가시지오"하며 나미씨가 먼저 일어섰다.

"어디"하며 노인도 일어선다. 일행은 다함께 개찰을 지나서

플랫폼으로 나간다.

벨 소리가 자꾸 되풀이해서 울린다.

굉음을 내면서 백색으로 빛나는 철로 위를 문명의 장사(長蛇)가 꿈틀거리며 달려 온다. 문명의 장사(長蛇)는 입으로 검은 연기를 토해낸다.

"마침내 이별인가"하며 노인이 말한다.

"그러면 안녕히 계십시요"하며 큐이치가 머리를 숙인다.

"죽어서 돌아오라"고 나미씨가 두 번 다시 말한다.

"짐은 왔는가"하고 오빠가 묻는다.

뱀은 우리들 앞에서 정지한다. 옆구리에는 문이 몇 개나 열린다. 사람들이 내리고 타기도 한다.

큐이치가 드디어 차에 올랐다. 노인도 오빠도, 나미씨와 나도 그 자리에 서있었다.

차바퀴가 한 바퀴 돌면 큐이치는 벌써 우리들 세상의 사람이 아니다. 멀고먼 세계로 가버리는 거야. 그 세계에서는, 초연(硝煙,화약)이 코를 찌르는 속에서 사람들이 작업을 하고 있다. 그리고 빨간 유혈에 미끄러지기도 한다. 무턱대고 잘 미끄러진다. 하늘에는 큰 굉음소리가 텅텅거린다. 지금부터 그러한 곳으로 가는 큐이치는 차안에서 말없이 우리들을 바라보고 있었다.

우리들을 산중에서 끌어낸 큐이치와 끌려나온 우리들의 인연은 여기서 끊어진다. 벌써 끊어지는 순간이다.

기차의 승강구와 창문이 열려 있어서, 서로의 얼굴이 보일 뿐. 가는 사람과 남아있을 사람의 거리는 불과 2m 사이인데, 인과는 벌써 끊어지는 찰나다.

차장이 승강구를 찰칵찰칵 닫으면서 이쪽으로 뛰어온다. 문 하나를 닫을 때마다 가는 사람과 전송하는 사람의 거리는 점점 멀어진다. 이윽고 큐이치의 입구도 철그덕 하고 닫쳤다. 세계는 벌써 두 개가 된다. 노인은 창 쪽으로 다가선다. 청년은 창문으로 머리를 내민다.

"위험해요. 출발합니다"그 소리 아래서는 미련없는 바퀴가 털그덕 털그덕 장단을 맞추면서 굴어간다.

차창 하나하나가 우리 앞을 지나간다. 큐이치의 얼굴이 작아지고, 최후에 삼등객차가 내 앞을 지나갈 때 창문에서 또 한 얼굴이 내밀고 있었다.

차갈색이 바래진 중절모자 아래서 털보 '패잔무사'가 섭섭하다는 듯 목을 내밀 고 있다. 이때, 나미씨와 '패잔무사'는 엉겁결에 눈이 마주친다. 털보얼굴은 곧장 사라졌다. 나미상은 망연(茫然)하게 멀어져가는 기차를 바라보고 있었다.

그 망연 속에는 지금까지 볼 수 없었던 〈연민(憐憫)〉의 정이 전면으로 표출되어 있었다.

"그거다! 그거다! 바로 그것이 떠오르면 그림이 됩니다. 작품이 됩니다."하며 나는 나미상의 어깨를 마구 두드리면서 속삭이듯이 외쳤다.

나의 가슴속의 작품은 이 순간에 이미 완성한 것이다.